KB153079

조정래 대하소설

태백산맥

청소년판
9

조정래 대하소설

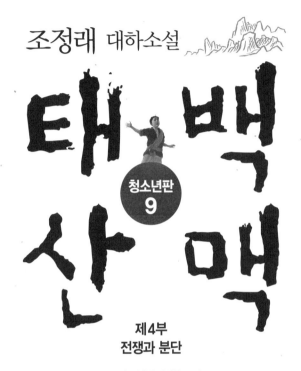

태백산맥

청소년판
9

제4부
전쟁과 분단

조호상 엮음 | 김재홍 그림

해냄

민족의 숙원, 평화통일의 길

'통일이 안 되고 이대로 살아도 상관없다.' 그 수가 해마다 조금씩 늘어 최근에는 24퍼센트가 되었다. 이건 대학생들을 상대로 한 여론조사의 결과이다. 나는 이런 현상을 보며 무척 당황스럽고 몹시 두려움을 느낀다. 이 땅의 대표적인 젊은 지식층의 네 명 중 한 명이 '굳이 통일할 필요가 없다.'고 생각하고 있으니 이게 어찌 된 일인가.

그 놀라움과 동시에 하나의 생각이 떠오른다. '그럼 청소년들은 어찌 생각하고 있을까!' 그러나 그 의문에 대한 응답은 없다. 왜냐하면 미성년자인 청소년들은 여론조사의 대상이 아니기 때문이다.

그러나 그 결과는 대충 짐작이 된다. 대학생들보다 그 비율이 높으면 높았지 낮지 않을 것이다. 청소년들은 대학생들에 비해 역사인식이 더 낮을 수밖에 없기 때문이다.

대학생들의 그런 반응은 꼭 그들만의 책임일 수는 없다. 국어와 역사 시간을 줄여 영어 시간을 늘리는 우리의 교육 문제부터 잘못되어 있는 탓이다. 역사 교육을 제대로 받지 못하고 있으니 우리 민족의 숙원이고 비원인 통일 문제마저 그렇게 소홀하게 여기게 된 것이다.

우리가 분단되어 서로를 적대시하고 살아가는 것만큼 큰 비극과 어리석음은 없다. 수천 년에 걸쳐서 한 민족으로 살아온 우리가 반으로 갈려 산다는 것은 허리를 반으로 잘려 사는 불구의 삶이나 다름없다. 반신불수의 삶, 그것처럼 큰 불행과 슬픔은 없다.

그 잘린 허리를 잇는 일, 그것이 소설『태백산맥』을 통해서 하고 싶어 한 일이었다. 우리 한반도의 허리는 태백산맥이고, 그 '허리 잇기' 작업이 소설『태백산맥』이라서 제목이 그렇게 정해졌다. 그 상징적 의미가 청소년 여러분에게 제대로 전해졌으면 좋겠다.

우리 한반도는 강대국들 사이에 끼어 있는 작은 땅이다. 그래서 우리 민족은 영원히 약소민족일 수밖에 없다. 그것은 우리의 힘으로는 피할 수 없는 일이기 때문에 우리의 운명인 것이고, 숙명이다. 그것처럼 슬프고 속상한 일도 없다. 그런데 우리가 남과 북으로 분단되어 있다는 것은 그 슬픔과 속상함을 더욱더 키우는 일이다. 우리가 약소민족으로서 그나마 좀 제대로 살아보려면 꼭 한 가지 방법밖에 없다. 그건 바로 통일이 되어야 하는 것이다. 통일이 되어야 불구의 삶을 면하는 동시에 우리의 힘이 커질 수 있기 때문이다.

청소년들은 너나없이 공부에 시달리느라고 소설을 읽을 시간이 없다. 그 잘못된 교육 제도를 일시에 뜯어고칠 수 없으니 조금이나마 시간 절약하며 쉽게 읽을 수 있도록 청소년판을 새로 꾸몄다. 아무쪼록 내일의 주인인 청소년들이 이 책을 벗 삼아 민족 통일의 필요성을 빠르게 인식하기를 간절히 바란다.

2016년 10월 22일

차례

제4부 전쟁과 분단

12

위대한 전사 조원제

하얀 꽃 곱게 핀 탱자나무 울타리를 따라 암팡지게 생긴 암탉
이 느릿느릿 발을 옮기다가 한바탕씩 땅을 헤집어 팠다. 그 뒤를
예닐곱 마리의 병아리가 종종거리며 따라가기도 하고, 쪼르륵 달
려가기도 했다. 암탉이 한바탕씩 땅을 헤집어 파면 병아리들이
다투어 달려가서는 새로 파헤친 땅을 정신없이 쪼았다. 그러다가
어떤 놈들은 지렁이 한 마리를 양쪽에서 물고 싸움을 벌이기도
했고, 어떤 놈은 큰 지렁이를 삼키느라고 목을 뺀 채 뺑뺑이를 돌
았고, 어떤 놈은 지렁이를 물고 다른 놈들을 피해 줄행랑을 쳤고,
어떤 놈은 어미 닭이 새로 파헤친 곳으로 너무 빨리 달려가다가
넘어져 뒹굴거나 코방아를 찧었고, 뒤따라오던 놈이 거기에 부딪

혀 넘어지며 두어 바퀴 구르기도 했다.

"참말로, 삥아리들도 먹고 살겄다고 저리 난리판굿인디……."

마루에 걸터앉은 외서댁이 암탉과 병아리들을 바라보며 중얼거리고는 무심결에 콧물을 들이켰다. 떼 놓고 온 두 자식의 모습이 왈칵 밀려든 것이었다. 딸년은 딸년대로 애비 없어져 가엾고, 아들놈은 아들놈대로 애비한테 버림받아 불쌍했다. 기다려, 이 어미가 좋은 세상 맹글어 기어코 느그들헌테로 갈 것잉께. 외서댁은 또 콧물을 들이켰다.

구굴 꿀꿀, 구구구…….

암탉이 갑자기 이상한 소리를 내며 두 날개를 늘어뜨렸다. 병아리들은 동작을 뚝 멈추고는 일제히 어미 닭에게 내달았다. 그러다 보니 나뒹구는 놈, 한쪽 다리가 헛짚어 기우뚱하는 놈, 흙더미에 머리를 박고 구르는 놈, 가지각색이었다. 넘어지고 뒹군 놈들은 지체 없이 일어나 또 달려 늘어뜨린 어미 닭의 두 날개 속으로 쏙쏙 자취를 감추었다.

워메, 솔갱이가 떴는갑네! 외서댁은 괜히 마음이 다급해져 마당으로 내려섰다. 그리고 고개를 젖혀 하늘을 살폈다. 하늘에는 실구름이 떠 있을 뿐 솔개는 보이지 않았다. 요상스러워라……. 외서댁은 이상하게 생각하며 고개를 되돌렸다. 그런데 탱자나무 가지 사이에서 참새들 짹짹거리는 소리가 들려왔다. 참새들이 태평하게 짹짹거리는 것을 보면 솔개가 뜨지 않은 것이 틀림없었다. 솔개가 떴다 하면 참새나 병아리는 말할 것도 없고 들쥐나 두더지까지도 숨을 데를 찾아 허둥지둥하는 법이었다.

외서댁은 암탉 쪽으로 눈길을 돌렸다. 암탉은 두 날개를 늘어뜨렸을 뿐만 아니라 털을 부풀려 곤두세운 채 병아리들을 품고 있었다. 솔개가 떴을 때와 똑같은 모습이었다.

저것이 미쳤다냐! 외서댁은 고개를 갸웃거렸다. 그때 병아리들이 암탉의 날개 속에서 쪼르륵 쪼르륵 나왔다. 병아리들이 다 나오자 암탉은 두 다리를 쭉 뻗고 목을 뽑으며 날개를 픽픽 털었다. 그제야 한 가지 생각이 머리를 스쳤다.

"음마, 긍께로 저것도 새끼들헌테 미리 학습을 시키는 것 아니라고?"

외서댁은 기가 차서 웃음을 흘렸다. 달구세끼가 저러는디 빨치산이 학습허는 것이야 당연허제. 이나저나 목숨 보존허자는 것이야 다를 것이 없응께. 외서댁은 고개를 주억거리며 토방으로 올라섰다.

마루에서는 천점바구가 무릎을 꺾고 엎드려 무언가를 쓰고 있었다. 고개를 삐딱하니 틀고 연필을 놀리다가 멈추고 무슨 생각을 하다가 다시 연필을 놀리는 그 모습은 주위의 움직임을 전혀 의식하지 못하는 것 같았다. 그는 며칠째 글쓰기에 열중해 있었다. 작전을 주로 밤에 하니까 아침나절에는 대개 간밤의 작전에 대한 비판·평가와 학습을 하고, 오후에는 학습을 복습하거나 총기 청소를 하며 해방구 안에서의 여유를 누렸다. 천점바구는 그 오후 시간을 며칠째 글쓰기에 바치고 있었다.

"참말로 징상스럽게 질기요, 천 동무!"

외서댁이 마루에 앉으며 큰 소리로 말했다.

"야아?"

천점바구가 고개를 들었다. 멀뚱한 그의 눈이 무슨 일이냐고 묻고 있었다.

"무셔라, 얼마나 정신을 팔았으면 그리 크게 소리 지른 말을 못 알아먹는다요?"

외서댁이 어이없어하는 웃음을 지었다.

"무슨 말을 혔는디라?"

천점바구는 여전히 엎드린 채 눈을 껌벅거렸다.

"어째 그리 질기게 글을 쓰냐고 혔소."

"그럼 어쩔 것이요. 간신히 깨친 글로 자서전을 쓰자니 글은 제대로 안 되고 힘만 들제라."

"아, 『춘향전』을 쓰는 것도 아니고, 자기 이야기 쓰는디 퍼뜩퍼뜩 써 뿌씨요."

그제야 천점바구는 굼뜨게 몸을 일으키면서 "고것이 어디 맘대

14

로 되간다라? 내가 겪은 일잉께 맘에는 훤헌디, 어째 글로 쓰려면 생각이 싹 다 미친년 머리카락맹키로 헝클어진단 말이요. 내가 똑 미쳐 뿔겄소."라며 뒷머리를 득득 긁었다.

"와따, 늘라는 글은 안 늘고 말만 늘었네. 안창민 동지가 말허 듯이 쓰면 된다고 안 그럽디여? 어렵게 생각 말고 그리 술술 잘허 는 말을 그대로 쓰면 안 되겄소?"

"외서댁 동무, 동무가 그런다고 소대장 동무를 돕는 것인 줄 알 아요? 동무가 그러는 건 글 쓰는 걸 방해하는 것이고, 소대장 동 무를 더 힘들게 만든다는 걸 알라구요."

갑자기 끼어든 여자의 카랑한 말이었다. 외서댁의 눈이 소리 나 는 쪽으로 빠르게 옮겨 갔다. 머리를 쌍갈래로 땋아 내린 여자가 방문에 등을 기대고 앉아 있었다.

"혜자 동무, 고것이 무슨 소리당게라?"

외서댁의 말투가 묘하게 꼬였다.

"무슨 소리긴요? 그 쉬운 말도 못 알아들어요?"

김혜자의 말도 꼬이고 있었다.

"나는 무식쟁잉께 유식헌 말은 하나도 못 알아먹소."

외서댁의 말은 새끼 꼬듯 완전히 겹꼬였다.

"소대장 동무가 하는 일을 방해하지 말라는 거예요."

김혜자가 눈에 힘을 모으며 말했다.

"이, 인제 알아먹겠구만." 외서댁은 입술을 야무치게 훔치고는 "말이 난 김에 한마디 허겄는디, 내가 소대장 동무 방해헌다고 간섭허지 말고, 혜자 동무나 소대장 동무 투쟁심 약혀지게 꼬리 치지 말라 그것이여. 여기는 목숨 내걸고 투쟁허는 빨치산 해방구제 연애 치고 놀아나는 예배당이 아닌께로!"라며 가차 없이 상대방을 후려쳤다.

"동무, 그게 도대체 무슨 말이에요!"

얼굴이 하얗게 변한 김혜자가 울부짖듯 소리쳤다. 천점바구는 난처한 듯 고개를 숙였다.

"어째, 내가 틀린 소리 혔소?"

외서댁은 토론 발언을 할 때같이 가다듬어진 얼굴로 김혜자를 응시했다.

"그건 너무 심한 말이에요. 난 동지로서 소대장 동무를 돕고 싶은 것뿐이에요."

한풀 꺾인 김혜자의 말이 약간 떨렸다.

"혜자 동무가 소대장 동무헌테 갖고 있는 맘이야 대원들이 다아는디, 그리 말혀서 쓰겄소? 내 말은 젊은 남자 여자가 눈 맞는 것은 좋은디, 동무는 소대장 동무가 대원들 앞에서 옹색해지게 그 맘을 드러낸단 말이요. 소대장 동무가 그런 혜자 동무를 피하려고 애쓰는 일이 자꾸 생기는디, 소대장 동무가 소대장질 제대로 허게 헐라면 그래서야 쓰겄소? 긍께 좋아도 티 내지 말라 그 말이요. 어째 내 말이 접수헐 만허요?"

외서댁의 말은 그대로 비판 토론이나 마찬가지였다. 더욱이 끝에 "접수헐 만허요?"라는 말이 그녀의 말에 무게를 더했다. 그리고 김혜자의 그동안의 태도는 정식으로 비판 토론에 올리기에 모자람이 없기도 했다. 그것은 대원들 사이에 이성 관계를 금하고 있는 당규에 어긋나는 것이었다.

"예, 외서댁 동무 말씀 잘 알아들었습니다. 제가 잘못했습니다."

김혜자가 고개를 떨구었다. 자기 마음을 대원들이 다 알 만큼 자신의 언행이 표 났다는 것이 부끄러웠다.

"되았소, 혜자 동무. 우리 소대장 동무는 전사로도 장허고, 남자로도 실헌께 혜자 동무 눈이 밝기는 밝소."

외서댁은 김혜자의 어깨를 토닥여 주었다.

"와따, 소쿠리 비행기 태우지 마씨요. 어질어질 정신이 없소."

얼굴이 달아오른 천점바구가 연필 끝에 침을 묻히며 얼른 엎드렸다. 그 연필은 대나무에 끼운 몽당연필이었다. 몽당연필은 몽당 숟가락처럼 빨치산이면 누구나 가지고 있었다. 그들은 그 몽당연필로 날마다 실시되는 학습을 받았다.

"소쿠리 비행기가 아니라 진짜배기 비행긴께 안심허씨요. 소대장 동무야 인물 훤칠허겄다, 몸 건장허겄다, 출신 성분 좋겄다, 좀 있으면 당원까지 되겠다, 모자란 것이 뭐 있소. 나도 처녀였다면 소대장 동무헌테, 당신은 내 맘에 오아시스요 등대입니다 허는 연애편지를 쓰고 싶었을 것이요."

외서댁은 손짓까지 해 가며 말했다.

"아이고메, 외서댁 동무는 어째 그리 말이 술술 나오요."

천점바구는 고개를 설레설레 저었다.

"이, 내가 입산허고 나서 말이 늘고, 산 타는 것이 빨라지고, 총질이 재미지게 되었소. 참말로 내가 생각혀도 딴사람이 되었는디, 내가 요런 세상을 살 줄이야 꿈이나 꿔 봤간디라. 무식헌 촌년이 출세헌 것이오."

그런 변화는 외서댁뿐만 아니라 배움이 없는 입산자들 거의가 겪었다. 특히 학습과 토론을 통해서 그들은 사회에 대한 인식을 갖게 되었고, 그 생각을 조리 있게 말하는 능력을 갖추게 되었다.

"내가 새살을 너무 깠소. 요러다간 참말로 소대장 동무가 헐 일 망쳐 놓겠소. 그럼 자서전 잘 쓰씨요."

외서댁은 천점바구와 김혜자에게 눈웃음을 보내고 자리를 떴다.

천점바구가 쓰고 있는 것은 당원 심사에 필요한 자서전이었다. 그리도 바라던 당원이 될 기회를 맞은 그는 학습 내용을 이해하는 능력을 인정받았고, 투쟁을 통한 당성도 인정받았다. 당에 제출해야 될 서류는 추천서와 자서전이었다. 추천서는 당원 두 명에게 받아야 하고, 자서전은 본인이 써야 했다. 입당자의 사상적·인간적 연대책임을 지는 추천인은 안창민과 하대치였다. 염상진 대장의 추천을 받고 싶었지만 염 대장이 총사에 있어서 그럴 수 없었다.

천점바구는 자신이 지금까지 살아온 그 빤한 이야기를 쓰느라 며칠째 진땀을 뺐다. 많은 사람 앞에서 연설하는 것보다 더 어려웠다. 말로 하면 술술 풀려나올 이야기가 어째서 글로 쓰면 마음먹은 대로 안 되는지 모를 일이었다. 그래서 김혜자 동무에게 도움을 청했다. 날마다 조금씩 쓴 것을 김혜자 동무에게 보이고 뜻이 잘 통하지 않는 대목을 수정받곤 했다. 가까이에 김혜자 동무만큼 학식이 든 대원이 없어 어쩔 수 없었다. 김혜자 동무는 순천여중의 졸업반에 다니다가 입산한 지식계급이었다. 언제부터인지 그녀가 자신을 소대장으로만 대하는 것이 아님을 알아챘다. 그건 얼떨떨하면서도 난처한 문제였다. 여중학생을 자신의 상대로 생각해 본 일이 없었고, 남녀 대원의 연애를 금한 당의 규율을 소대장으로서 어길 수는 없었다. 그래서 그녀의 눈치를 모르는 척해왔다. 그런데 문제는 자신도 그녀가 싫지 않다는 데 있었다. 그녀에게 끌리는 마음 때문에 투쟁 의욕에 이상이 생길 리는 없지만, 날이 갈수록 그녀에게 마음이 감기는 것을 스스로 속일 수는 없었다. 혁명을 이룩하고 함께 살면 어떨까……. 가끔 그런 상상을 하고 있는 자신을 발견하고는 불덩이라도 집은 것처럼 화다닥 놀라 그 생각을 떼치고는 했다. 그에게는 어디까지나 혁명 투쟁이 먼저였다.

"되았소, 작전 나갈 시간이 얼마 안 남었응께 오늘 몫은 요걸로 혀야 쓰겄소."

천점바구가 윗몸을 세웠다.

"많이 쓰셨군요."

김혜자가 종이에 눈길을 주며 밝게 웃었다. 한쪽 볼에 보조개가 살짝 패었다.

"말이 되는지 모르겄소. 글을 써 봉께로 사나흘 거리로 신문 맹그는 출판과 동지들이 하늘맹키로 높아 뵈요."

천점바구가 두 팔을 뻗으며 기지개를 켰다.

"글도 자꾸 쓰면 늘어요. 전투를 자꾸 하면 요령이 늘듯이 말예요."

천점바구를 바라보는 김혜자의 그윽한 눈길에 촉촉한 따스함이 어려 있었다.

"중대장 동무, 연대장 동무가 모시고 오라고 허느만이라."

연락병의 느닷없는 소리에 조원제가 몸을 일으켰다.

"싸게 갑시다."

조원제는 땅을 차고 일어나 앞장섰다.

그의 하얗던 얼굴은 겨울 산 생활을 거치면서 흑갈색으로 변했고, 포동하던 살도 다 빠져 양쪽 볼이 패어 있었다. 그러나 눈만은 여전히 또렷하고 날카로웠다.

"연대장님, 부르셨는게라?"

조원제는 연대장에게 경례를 붙였다.

"이, 어여 오씨요."

연대장이 보던 신문을 접고는 "아주 기분 좋은 일이 생겼소."라며 환하게 웃었다.

"신문에 무슨 소식 났습디여?"

조원제가 연대장에게 눈길을 보냈다.

"자네 이야기가 아주 근사하게 나 부렀네."

연대장은 흡족한 웃음과 함께 신문을 내밀었다. 연대장이 단둘이 있으면서 직책을 부르지 않고 '자네'라고 할 때는 스스럼없이 정을 나타내는 경우였다. 그때는 조원제도 '강철'이란 별명을 가진 연대장 이태식이 아니라 인정 많고 마음 넓은 인간 이태식으로 대했다.

조원제는 《도당신문》을 들여다보았다. 그런데 그 첫머리에 크게 쓰인 자신의 이름이 퍼뜩 눈에 띄었다. '백아산 지구의 위대한 전사 조원제'가 큰 제목이었고, '재귀열 예방의 위생 투쟁에서 중

대원 중 단 한 명의 희생자도 내지 않은 혁혁한 과업 성취'가 작은 제목이었다.

그 내용은 《지구당신문》에 이미 실린 것과 같았고, '지구 내의 유일한 중대'가 '도당 내의 유일한 지구'로 바뀌어 있었다. 하지만 그 차이는 어마어마했다. 도당으로부터 투쟁 공적을 인정받은 전사—. 그것은 무한 영광이었다. 조원제는 몸이 화끈 달아오를 만큼 감격했다.

"자네가 해낸 일이 이리 장헌 일이었구먼." 이태식은 조원제의 어깻죽지를 턱 잡고는 "자네 나이 생각허면 더 장헌 일이제. 앞으로 더 장헌 일 많이 허소이!"라며 조원제의 어깨를 흔들었다.

"야아, 명념허겄구만이라."

조원제는 이태식을 마주 보며 입술을 꾹 다물었다.

재귀열의 희생자는 도당 전체 병력의 4할 정도로 엄청났다. 한 달 남짓한 기간에 8천여 명이 죽은 것이다. 그 막대한 희생자를 낸 돌림병 속에서 철저한 예방으로 단 한 명의 희생자도 내지 않았다는 것은 도당 차원에서 인정받을 만한 투쟁 공적이었다.

조원제는 정보과 분트에서 후방부 대장 연락병을 거쳐, 입당하면서 문화부 중대장으로 자리를 옮겼다. 그때 마침 돌림병이 들불처럼 번지면서 도당에서 위생 투쟁을 지시했다. 그 지시에 대한 책임은 정치일꾼인 문화부 중대장에게 있었다. 돌림병을 이겨 낼 답은 이미 나와 있었다. 이와 벼룩·빈대의 박멸이었다. 문제는 그 답에 어떤 방법으로 도달하느냐였다. 적과 무력 투쟁을 계속하면서 이를 박멸하는 것은 결코 쉬운 문제가 아니었다. 그는 그 문제 해결에 집요하게 매달렸다.

조원제는 머리를 앓은 끝에 마침내 대책을 세웠다.

첫째, 전 부대원이 머리를 깎을 것.

둘째, 전 부대원이 주기적으로 일제히 옷을 삶을 것.

셋째, 다른 부대원과 접촉하지 말 것.

넷째, 인민과의 접촉은 물론 어느 집이건 마루에도 앉지 말 것.

이 네 가지는 돌림병을 옮기는 이나 벼룩·빈대를 박멸하면서 옮겨 오는 것도 막는 방법이었다.

조원제는 그 네 가지 방법을 적어 중대장에게 주었고, 그날부터 부대원은 모두 머리를 빡빡 깎는다, 옷 삶을 솥을 구하려고 보투에 나선다, 분주하게 돌아갔다. 그 무자비한 돌림병에 부대원을 한 명도 잃지 않은 것은 그 네 가지를 철저하게 지킨 결과였다.

"히! 스무 살 나이로 고런 일 해낸 것이 장허다니, 진짜 내 나이 알면 더 야단났겠소이?"

신문을 옆으로 치우며 조원제는 이태식을 보고 히죽 웃었다.

"하면, 열여덟 나이로 고런 일 했다고 허면 생판 난리굿이 일어났겠제."

이태식은 얼결에 말해 놓고는 찔끔해서 주위를 둘러보았다.

조원제의 실제 나이는 열여덟이었고, 두 살을 더 먹게 된 까닭은 몇몇만 아는 비밀이었다. 조원제는 입당을 해야 했는데 나이가 모자랐다. 그런데 문제는 그가 입당을 원하는 게 아니라 조직이 그의 능력을 필요로 한 것이었다. 당 이론에 밝고, 말재주가 뛰어난 그를 나이가 모자란다는 이유로 연락병을 시킬 수는 없었다. 그래서 나이를 두 살 올려 입당 절차를 밟기로 했던 것이다.

그런데 그 생각이 정작 본인한테 알려지면서 말썽이 되었다.

"택도 없는 소리 마씨요. 뭐하러 당규를 어기면서 고런 일을 혀
라. 당원이 되고 싶은 마음이야 하늘 같지만 원칙에 안 맞게는 되
고 싶지 않소."

조원제의 첫마디였다.

이태식은 마른침을 삼키며 말했다.

"조 동무, 원리 원칙 지키는 것도 좋은디, 요 일은 조직을 위허
는 일이란 말이오."

"나는 원칙을 어기면서는 입당 못허겄고, 내 나이 그대로라면
고맙게 입당허겄소."

"어허, 요런 고집통머리가 있는가! 그러면 당규를 고쳐야 허는
디, 고것이 될 일이겄소?"

"아, 긍께로 입당 안 허겄다 그 말 아니요."

"참말로, 배웠다는 사람이 어쩨 이리 말귀를 못 알아먹을까?
원리 원칙이란 것도 사람이 살자고 맹근 것이고, 특별한 경우에
는 원칙을 피해 갈 수도 있는 법이요. 고것도 나쁘게 쓰잔 것이
아니라 좋게 쓰자는 것잉께 맘 돌리씨요."

"내가 스무 살 될 때까지 내 맘은 똑같으요."

조원제의 단호한 말이었다.

"아이고 그 고집!" 이태식이 고개를 절레절레 흔들었다.

결국 출판과장이 와서야 조원제는 마음을 바꾸었다. 출판과장은 그의 중학교 교장이었다. 당이 정한 원리 원칙에서 벗어나지 않으려는 조원제의 진실성도 그렇고, 그렇게 무리해 가며 쓸 만한 재목을 쓸 만한 자리에 놓으려 애쓴 이태식도 어지간한 사람이었다. 이태식은 연락병으로 오가는 조원제를 눈여겨보았다가 뒷조사까지 해 보고 그 일을 추진했던 것이다. 그는 머슴 출신으로 구빨치였다. 스물일곱인 그는 늘 웃음기 도는 부드러운 인상과 달리 '강철'이란 별명이 붙을 만큼 싸움에 강하고, 통솔력이 뛰어났다. '강철 부대'로 불리는 그의 부대는 백아산 지구의 최강 부대였다.

염상구의 결혼식 날, 남국민학교로 어른들이 꾸역꾸역 밀려들었다. 결혼식 장소가 신부 집이 아니고 국민학교 강당인 것은 염상구가 결혼식을 '신식 하이칼라'로 하고자 한 때문이었다.

"그 먼지 탱탱 슬고, 이놈 저놈이 걸쳐 땟국 쩔은 사모관댄가 지랄인가 입고 쓰고 근천 떨지 말고 양복 쪽 뽑아 입고 신식 하이칼라로 멋들어지게 혼례식 올리드라고!"

염상구는 단도직입적으로 말했고, 윤옥자는 곧바로 환영했다.

"워메, 지도 구식 혼례식 영 정 떨어졌는디라. 색동저고리 치렁치렁 늘이는 것보다야 드레스가 멋지제라."

윤옥자는 부끄러운 웃음을 입에 물었다. 그러나 그녀의 얼굴은 곧 시무룩해졌다.

"아니, 어째 금방 똥 집어 먹은 얼굴이 되는 겨?"

염상구가 눈치 빠르게 잡아챘다.

"신랑 양복은 신부 쪽에서 해 주고, 신부 드레스는 신랑 쪽에서 해 주는 법인디……. 드레스가 영판 비싸서."

"아, 시끄럿!"

염상구가 버럭 소리쳤다. 그 서슬에 윤옥자는 화닥닥 놀라 뒤로 물러나 앉았다.

"아니, 이 염상구를 뭐로 보고 허는 소리여. 니도 느그 엄씨맹키로 나를 무시헐 참이여! 카악 그냥!" 염상구는 담뱃갑을 집어 던질 듯한 몸짓을 했고, 윤옥자는 반사적으로 두 팔을 들어 얼굴을 가리는데, 그가 "사람 얕보지 말어라. 이 염상구가 주먹질만 허고 산지 아냐. 드레스가 제아무리 비싸도 내가 혀 줄 팅께 니는 맘 푹 놓고 있으면 되야."라며 사뭇 부드럽게 말했다.

장모가 될 오씨는 그를 노골적으로 무시했다.

"이년아, 쥐도 새도 모르게 뒈질 일이제, 그 꼬라지로 시집가겠다고 나서서 집안 우세시키고 엄씨 애간장 요리 긁어 파냐."

오씨는 염상구를 외면한 채 이런 식으로 욕을 해 댔다. 그러나 염상구는 그런 박대를 꾹꾹 눌러 참았다. 어차피 한 번은 넘겨야 할 고비였다.

염상구는 광주까지 윤옥자를 데려가서 그 비싼 드레스를 맞춰 입혔다. 결혼식 때만 잠깐 입는 그 예복이 쌀 열 가마니 값이니, 열다섯 가마니 값이니, 읍내 여인네들 입을 떠돌았다.

염상구는 신부에게 드레스만 맞춰 준 것이 아니었다. 양효석의 어머니네 포목점의 고급 비단이 바닥이 날 정도로 채단을 끊어 보냈다. 신부 것에다 장모의 몫도 따로 준비했다. 그뿐 아니라 신부에게 주는 예물도 사람들 귀를 의심하게 했다. 옥 쌍가락지·금 쌍가락지·홍산호 반지·금 브로치·홍산호 브로치·호박 브로치·스위스제 시계 등속이었다.

사람들의 놀라움은, 예쁜 데라고는 없는 윤옥자의 어디에 미쳐 염상구가 그 비싼 예물을 해 주느냐는 것과 껄렁패로만 알았던 염상구가 그 많은 돈을 어떻게 지닐 수 있었느냐 하는 것이었다.

그저 빈털터리 주먹 패 건달이 집안 재산을 덮치려 든다고 눈 부릅뜨고 있던 오씨는 그 값진 예물을 앞에 놓고, 날벼락을 맞은 기분이었다. 그리고 그 놀라움은 그전의 불신을 신뢰로, 미움을 사랑으로, 의심을 믿음으로 바꿔 놓았다.

염상구는 있는 돈을 다 털었다. 장터 바닥에 깔아 놓은 돈도 다 끌어들였다. 그가 돈을 다 털어서 엄청난 결혼 준비를 한 것은 단순히 장모의 콧대를 꺾고 자신의 능력을 보여 주려는 것만은 아니었다. 그렇게 함으로써 나타나는 이중 삼중의 효과까지 노렸다. 예물을 많이 받은 당사자가 기분 좋은 것은 말할 것 없고, 그예물을 친정에 두고 오는 게 아니라 다 가지고 올 테니 어차피 자신의 재산이었다. 그러면서도 온 읍내 사람들, 특히 기관장, 유지들에게 자신의 재력을 과시할 수 있었다. 장가를 들기만 하면 솥 공장이고 정미소가 굴러 들어와 어엿한 유지가 될 판인데, 그러기 전에 자신의 재력을 보여 줄 필요가 있었다. 그래야만 처가 덕 보았다는 어쭙잖은 소리를 피하고, 당당히 유지 행세를 할 수 있게 될 것이었다.

옥자가 벙글거리고, 그 어머니가 나긋나긋해지고, 읍내가 떠들 썩해지는 것으로 염상구의 목적은 결혼식 전에 완벽하게 달성되었다.

결혼식장은 사람들로 터져 나갈 듯했다. 읍내에서 한다하는 사람들은 다 모여든 데다, 모처럼 벌어지는 신식 결혼식을 구경하자고 읍내 여자들이 떼 지어 몰려든 것이었다.

군수를 주례로 내세운 결혼식이 시작되었다. 풍금 소리가 울리면서 신랑이 입장했다. 검정 양복에 머리에 기름을 반들반들 바른 염상구는 딴사람처럼 말쑥했다. "저리 차린께 아주 하이칼라 신사 아니라고?" "인제 저 사람이 주먹 쓰는 청년단장이 아니시. 윤가집 재산 한 손에 쥔 유지여, 유지." "잉, 그렇제. 하나 있던 아들은 죽고 딸만 셋인 데다 큰사위인께." 여자들의 수군거림이었다. 다시 울리는 풍금 소리를 따라 신부가 입장했다. 드레스를 곱게 차려입은 신부 앞에 꽃바구니를 든 두 소녀가 가고, 옆에서는 들러리가 손을 받쳐 주었다. 여기저기서 여자들의 탄성이 꼬리를 잇고 있었다.

그런 신부를 바라보는 염상구의 눈앞에는 쇳물 덩이 이글거리던 솥 공장과, 피댓줄 맹렬하게 돌아가던 정미소가 떠올랐다. 그는 빙그레 웃었다.

"어쩔끄나! 신랑이 웃는다, 첫딸 낳겄다."

어떤 여자의 외침에 그는 더 환하게 웃었다. 여기저기서 색색의 줄종이가 날아들기 시작했다.

13

덕유산의 비밀회의

그 일은 극비리에 진행되었다. 그 정보가 새나간다면……. 군경은 총력을 기울여 수색을 펼 것이었다.

전남도당 위원장의 덕유산행―. 이 사실을 아는 사람은 도당 안에서 다섯뿐이었다. 본인 박영발, 여비서, 부위원장이며 총사 사령관 김선우, 위원장 보위 부대장, 그리고 염상진이었다. 염상진이 그 사실을 알게 된 것은 총사 부사령관이기 때문이 아니었다. 보위 부대만으로는 안전을 기할 수 없어 제2 보위대를 편성했고, 염상진은 그 지휘 책임을 맡게 되었다.

도당 위원장을 보위한 50여 명은 깊은 밤에 길을 잡았다. 염상진은 덕유산이라는 목적지만 알았지 왜 그 멀고 위험한 길을 가는지는 알지 못했다.

백아산 지구를 옆에 끼고 통명산을 돌아 곡성을 지났다. 지역마다 선요원들이 길을 잡았다. 지리산으로 파고드는 데 최대의 장애가 섬진강이었다. 적들은 그 강을 이용해 지리산 자락에서 이루어지는 도당과 도당, 도당과 지방당의 접선을 방해하고 있었다. 이쪽의 활동이 심해지는 밤에는 경비도 강화되었다. 적들은 중요한 지점의 경비에는 근방의 민간인을 동원했다. 그들은 민간인들에게 대창이나 농기구 같은 것을 들려 강둑에 양팔 간격으로 세워서 경계하게 했다. 강변에 사람 울타리를 친 격이었다. 그런 경비를 뚫고 50여 명이 섬진강을 건너기란 여간 어려운 일이 아니었다.

"지 혼자서 활동허는 것이야 간단허제라. 우리 투쟁 인민 몇 사람이 쪼로록 선 자리를 찾아 왔다리 갔다리 허기야 누워서 콩떡 먹기제라. 근디 수가 원체 많은께……."

선요원의 난감해하는 말이었다.

"피실격허(避實擊虛)요. 날이 새면 건너는 거요."

갑작스러운 위원장의 말이었다. 좌중은 아무도 말이 없었다. 적의 허를 찔러라—. 그 말은 충격적이었다. 날이 새면 민간인 경비가 풀리게 되고, 적들의 경계심도 풀어질 테지만, 그런 과감한 작전에는 위험이 따를 수밖에 없었다.

"예, 알겠습니다."

보위 부대장이 대답했다.

다음 날 아침 먼동이 트고 있었다. 강변에는 안개가 자욱했고, 예상대로 밤샘을 한 민간인들이 돌아가고 있었다. 경찰들은 초소로 들어갔는지 보이지 않았다. 선요원을 따라 그들 일행은 민첩하게 움직였다. 안개가 더없이 좋은 은폐물이 되어 주었다. 몸을 낮추고 소리 없이 움직이는 그들의 모습은 안개에 가뭇없이 가려져 있었다. 그들은 아무런 저항 없이 거뜬히 강을 건널 수 있었다.

피실격허…… 항일 무장 투쟁의 네 가지 기본 전법 중 하나이면서, 모택동 동지의 십육자 전법까지 합해 삼십이자 전법을 모르는 빨치산은 없었다. 네 자로 된 여덟 가지 전법은 누구나 암기하게 되어 있었다.

염상진은 피실격허라는 전법의 신통함뿐만 아니라 그 전법을 활용하는 위원장의 과감한 판단에 놀랐다. 마른 체구에 언제나 우울이 깃든 얼굴을 보면 위원장은 무슨 병자 같은 모습이었다. 그러나 중대한 일을 처리할 때 보면 그의 의식이 얼마나 예민하게 번뜩이고, 의지가 얼마나 군건한지 실감하고는 했다.

섬진강을 건너자 굽이굽이 끝없이 산길이 이어졌다. 소백산맥이 일으키고 있는 산 물결이었다. 덕유산까지의 길은 그 억센 물결을 거슬러 올라가는 행군이었다. 안전을 위해 거의 야간 행군

이었고, 낮에는 은폐물을 찾아 휴식했다. 날이 지날수록 위원장의 걸음은 느려졌다. 일제 때 고문을 당해 상한 다리에 무리가 온 탓이었다. 그러나 위원장은 지팡이를 짚을 뿐 부축을 받으려 하지 않았다. 염상진은 그 절룩거리는 모습에서 한 투사의 견고한 일생을 보고 있었다. 토목 기술자로 시작한 삶을 일찍이 혁명 투쟁으로 바꿔 온갖 고난을 무릅쓰며 오십이 다 된 사나이─. 그는 투쟁으로 상처 받은 다리를 끌며 또 투쟁을 위해 험준한 산악을 걷고 있었다.

염상진은 덕유산 송치골에 도착해서야 왜 그 먼 길을 왔는지 알게 되었다. 그곳에서는 어마어마한 회의가 열리게 되어 있었다. '남반부 6개 도당 위원장 회의'였다. 남쪽의 여섯 개 도당 위원장들이 한자리에 모이고, 거기에 전쟁 전의 지리산 지구 사령관 이현상도 합석하는 회의였다. 그 규모로 보나, 참석자들로 보나 '어마어마한 회의'가 아닐 수 없었다.

삼엄한 경비 속에서 회의가 열렸다. 각 도당에서 위원장을 보위하고 온 정예부대들이 회의장을 에워쌌고, 회의 내용은 비밀에 부쳐졌다. 회의는 하루로 끝나지 않았다. 회의 내용은 알려지지 않았지만 격렬한 논쟁이 벌어지고 있다는 이야기가 떠돌았다. 중대한 사안이니까 위험을 무릅쓰고 위원장들이 모였을 테고, 또한 위원장들은 일제 때부터 투쟁한 경력을 갖고 있거나 모스크

바 당학교 출신들이었으므로 얼마든지 격론을 벌일 수 있었다. 그러나 아랫사람들로서는 불안감이 없지 않았다.

다음 날도 격론의 계속이라고 했다. 그런데 단순한 논쟁이 아니라 이론투쟁이라는 말이 뒤따랐다. '이론투쟁'이란 말에 염상진은 불길한 생각을 떨치지 못했다. 이론투쟁이라면 빨치산 투쟁의 당면한 전략·전술이 아니라 더 근본적인 문제라고 느껴졌다.

회의가 끝났다는 소식과 함께 그 결과가 알려졌다. 이현상 선생이 남반부 유격대 총사령관이 되고, 각 도당 유격대는 그 지휘 아래 들어간다는 것이었다. 그리고 회의 중에 가장 격렬하게 논쟁을 벌인 것이 전남도당 위원장이었다는 말도 퍼졌다.

염상진은 그 결정이 잘된 것인지, 잘못된 것인지 선뜻 판단할 수 없었다. 그 결정이 내려지기까지의 과정을 들을 수가 없었던 데다, '이현상 선생'이란 존재가 판단에 혼란을 일으키게 했다.

도당으로 돌아가는 길은 올 때와 달리 침울했다. 위원장의 얼굴에는 그늘이 짙게 드리워 있었다. 게다가 위원장은 더 걸을 수 없도록 다리가 불편해졌다. 위원장은 대원들에게 업힐 수밖에 없었다. 업는 사람이 덜 힘들게 하려고 칡넝쿨로 업을개를 엮었다. 대원들이 번갈아 가며 위원장을 업었고, 오르막길에서는 두 사람이 뒤를 밀었으며, 내리막길에서는 옆에서 부축했다. 그런 행군은 위원장이 절룩이며 걷는 것보다 훨씬 빨랐다.

"지구마다 정신 없구만이라. 5월 공세라며 노란 개·검은 개들이 어찌나 많이 몰아닥치는지 난리랑께라."

섬진강에 이르러 전남 지구 선요원에게 들은 소식이었다. 보위대에는 금방 긴장이 감돌았다.

도당 사령부에 도착할 때까지는 덕유산으로 갈 때보다 몇 갑절 힘들었다. 두 차례의 매복 공격에 맞서야 했고, 염상진은 부하 넷을 잃었다.

총사에 도착해 보니 적들은 박격포 공격을 앞세워 병력을 대량으로 투입하면서 각 지구를 차례로 공격하고 있었다. 투쟁이 또 다른 국면으로 접어들고 있음을 염상진은 감지했다.

이틀 뒤에 도당 간부 회의가 소집되었다.

"5월 공세라는 이름으로 적들의 공격이 감행되고 있는 현 상황에서 간부 회의를 소집한 것은 이번 덕유산 회의의 결정 사항을 시급히 보고해야 하기 때문입니다."

위원장의 회의 소집에 대한 이유 설명이었다. 회의장은 어느 때 없이 긴장되어 있었다.

"남조선 6개 도당 위원장들과 전 지리산 유격 지구 사령관 이현상 동지가 참석한 덕유산 회의에서 결정된 사항은, 이현상 동지를 남조선 유격대 총사령관으로 하고, 그 지도 아래 각 도당의 유격대를 재편한다는 조직 개편이었습니다. 이러한 조직 개편 제의는 이현상 동지가 했고, 그 근거는 이승엽 동지의 지령이었습니다. 이상이 결정 사항에 대한 보곱니다. 다음으로, 그 결정의 문제점을 확인하겠습니다. 첫째, 조직 개편에 따라 각 도당은 군사 조직인 '사단'으로 편제되어야 한다는 점입니다. 여기에 중대한 문제점이 있습니다. 각 도당이 해체되어 단순한 군사 조직이 된다는 사실입니다. 당 조직 해체를 어찌 감히 도당 위원장들이 결정할 수 있으며, 당 조직 없이 어떻게 군사 조직이 있을 수 있습니까. 둘째 더 중대한 문제로, 이현상 동지가 제기한 조직 개편 문제 그 자체입니다. 그 조직 개편에 따르면 당이 군사 조직의 아래, 군사 조직이 당의 위에 올라서게 되어 있습니다. 이것이야말로 당의 절대 원칙에 위배되는 해당 행위이며 도전 행위가 아닐 수 없습니다. 아무리 위급한 전시 상황이라 해도 군사 조직이 당보다 위에 서는 일은 있을 수 없으며, 상황이 위급할수록 당 조직이 더욱 강화되어야만 다른 조직들도 통일을 이루어 그 위기를 타개해 나갈 수 있습니다. 이 때문에 격렬한 논쟁이 벌어졌습니다. 당의 절대 원칙 수호에 대해 이현상 동지는 계속 그 조직 개편이 당의 지령임을 강조했습니다. 그런데 거기에 중대한 문제점이 또 있었습니다. 당의 지령이라면 지령서가 있어야 하고, 당이 이현상 동지를 총사령관으로 임명했으면 당의 임명장이 제시되어야 합니다. 그런데 이현상 동지는 아무것도 가지고 있지 않았습니다. 이승엽 동지에게 강원도에서 구두 지령을 받았다고 했습니다. 후퇴 상황을 감안해도 그것은 전혀 납득이 안 되는 일입니다. 당의 지시는 정확과 확실을 기하고, 착오와 와전을 막기 위하여 문서화하는 것은 기본 원칙입니다. 그것을 실행하기 위해 우리는 온갖 방법으로 암호를 만드느라 고심하고 있지 않습니까. 그런 상황을 비춰볼 때 아무리 후퇴 상황이라 해도 그 중대한 지령을 내리면서 지령문과 임명장을 작성하지 않았다는 것은 도저히 이해할 수 없는 일입니다. 그리고 과연 이승엽 동지가 당의 절대 원칙에 정면으로 위배되는 그런 엄청난 오류를 범할 수 있겠는가 하는 의문점도 있습니다. 우리는 여기서 풀 수 없는 수수께끼의 함정에 빠지게 됩니다. 이승엽 동지가 그렇지 않다면, 모든 혐의가 이현상 동지에게 돌아가는 난처한 일이 벌어지게 됩니다. 우리는 이승엽 동지와, 이현상 동지가 세운 혁혁한 투쟁 공로를 잘 알고 있습니다. 그러므로 그 사실 여부를 확인할 길이 없는 현시점에서 두 동지 중 누구를 의심할 수는 없습니다. 이런 여러 문제점과 의문점을 남긴 채 결국 그 의제는 결정된 것입니다."

회의장 분위기가 술렁거렸다. 대부분 어리둥절하거나 의문에 찬 얼굴들이었다.

"이제 그 결정에 대해 본인은 위원장으로서 의견을 개진하고자 하며, 여러분도 토론을 거쳐 의견을 정리해 주시기 바랍니다. 본인은 그 결정에 반대했습니다. 어떠한 경우에도 당이 군사 조직 아래 있을 수는 없기 때문입니다. 물론 그러한 결정의 계기는 지령서와 임명장이 없었기 때문입니다. 이현상 동지의 그러한 제의와 결정이 과오냐, 아니냐는 추후에 밝혀질 일이므로 여기서 논의할 필요는 없을 것입니다. 우리가 논의할 문제는 앞으로의 우리 도당의 입장입니다. 이에 본인은 당중앙의 지시문을 접수하지 않는 한 우리 도당을 군사 조직 아래 편입시킬 수 없으며, 따라서 덕유산 결정에 따르지 않고, 현재의 조직과 체제로 계속 투쟁할 것을 제의하는 바이올시다. 동지 여러분의 기탄없는 토론을 기대합니다."

위원장의 말에 힘이 서려 있었다.

"위원장 동지의 의견에 찬동하면서, 한 가지 문제점을 말씀드리고자 합니다. 우리 도당이 투쟁을 전개할 때 총사령부와 다른 도당 사이에 문제가 생길 것 같은데, 그것은 어떻게 생각하시는지요?"

부위원장의 말이었다.

"좋은 말씀이오. 다른 도당들은 그 결정에 따라 도당이 '사단'이 되어 가는 판국이니 더 말할 게 없고, 총사령부와의 문젠데, 그것도 원칙적 오류를 범하고 있는 한 원칙을 지키는 우리 도당에 대해 문제를 일으키지는 못할 것이오. 만약 무슨 문제가 생기면 그때그때 대응하면 되리라 싶소."

"예, 알겠습니다."

더 이상 아무도 발언하지 않았다. 염상진은 발언할 만한 문제점을 찾아보았다. 그러나 당의 기본 원칙 고수에 찬동하는 한 위원장의 논리에 어느 한 곳 허점이 있을 리 없었다. 다만 이현상 선생과 위원장의 사이가 어쩔 수 없이 거북해질 것이 마음 무거울 뿐이었다.

"더 토론이 없으면 본인의 의견을 안건으로 상정하겠습니다. 지금부터 표결해 주십시오."

위원장이 '찬성'을 묻기도 전에 모두가 손을 들어 올렸다.

"우리 도당은 현재의 조직과 편제로써 용맹스럽게 투쟁해 나갈 것을 만장일치로 가결하는 바입니다."

위원장이 일어서자 간부들도 일제히 일어섰다. 박수 소리가 크게 울렸다.

군과 경찰의 대대적인 공격이 시작되면서 빨치산 부대는 정신 못 차리게 바빠졌다. 그런데 그들 못지않게 바쁜 사람들이 후방부 병기과 대원들이었다. 싸움이 치열해지면서 총알과 수류탄 소비가 급증하자 그만큼 일거리가 많아진 것이었다.

지구마다 설치된 병기과에서는 여러 가지 병기를 만들어 보급

했는데, 주로 총알과 수류탄이었다. 병기과에는 대장장이나 주물 공, 공대 출신이나 화학 전공자들이 배치되었다. 손재주 좋은 사람들과 후방부의 여자 대원들도 병기과에서 일했다.

병기과에서 만드는 총알은 M1 탄피를 이용한 재생 총알이었다. 총알은 대가리인 '알'과 '몸체'와 '화약'으로 이루어져 있었다. 대가리인 '알'은 주물공이 뜬 본에 놋쇠를 녹여 부어 그럴듯한 모습을 갖추었다. 문제는 '몸체'와 '화약'이었다. 먼저 '몸체'인데, 한번 사용한 M1 탄피는 그대로 다시 사용할 수 없었다. 속에 든 화약의 폭발로 탄피가 팽창했기 때문에 그만큼 고르게 긁어내야 했다. 탄피를 하나하나 고르게 긁어내는 일은 여간 정성이 필요한 일이 아니었다. 그 일은 주로 여성 대원들이 맡아 했다.

재생 총알을 만드는 데 가장 큰 어려움은 화약 제조였다. 제조법은 다 알지만 원료를 구하기가 어려웠다. 화약 원료는 농촌의 집집마다 있게 마련인 오줌통에서 구했다. 오줌이 오래되면 오줌통 안쪽에 엉기는 흰 앙금을 긁어모아야 했다. 그게 암모니아인데 거기에 양잿물을 섞어 끓이면 흰 앙금이 생기고 그게 질산나트륨이었다. 거기에 때죽나무 숯가루와 유황을 알맞은 비율로 섞으면 화약이 되었다. 그러나 이렇게 만든 화약에는 치명적인 약점이 있었다. 습기를 빨아들이는 성질을 지닌 질산나트륨 때문이었다. 총탄이 조금 오래되면 질산나트륨이 빨아들인 습기로 불발탄이 생겨났다. 그 불발탄 때문에 생겨난 별명이 '영웅탄'이었다. 전투를 하다가 한 빨치산이 숲 속에서 적과 정면으로 맞닥뜨리게 되었다. 간발의 차이로 적을 먼저 발견한 그는 방아쇠를 당겼다. 그런데 총알이 나가지 않았다. 불발탄이었던 것이다. 이제 적이 방아쇠를 당길 차례였다. 그런데 그 빨치산은 급한 김에 개머리판으로 적을 내려쳤다. 적은 쓰러졌고, 그 빨치산은 적을 생포했다. 그다음부터 습기 잘 차는 재생 총알은 '영웅탄'이 되었다. 그런데 정작 영웅인 장본인은 영웅답지 못한 말을 했다. "뭐가 뭔지 나도 통 몰러. 어디 고것이 제정신으로 헌 짓이간디?" 그 멍청한 듯한 말이 오히려 그를 더 돋보이게 했다. 그의 솔직한 말에서 동료들은 그때의 위기를 더 절실하게 느꼈고, 그 위험 속에서 '제정신으로 한 짓이 아닌' 그 짓이 바로 엄청난 담력이고 용기라는 것을 알아챘다. 누구나 그런 위기에 처하면 주저앉거나, 손을 들게 마련이었다. 그 일이 일어난 뒤로도 빨치산들은 여전히 그 총알을 쓸 수밖에 없었다. 자신의 총알이 '영웅탄'이 아니길 바라면서. 그러고 보면 '영웅탄'이란 별명은 서글픈 익살이 섞인 빨치산의 역설이기도 했다.

양잿물 대신 칼리비료를 쓰면 습기가 안 차는 완전한 화약을 만들 수도 있었다. 그러나 그 방법은 적들도 이미 알고 있었다. 그래서 칼리비료의 배급을 전면 중단시켜 버렸다.

재생시킨 탄피에 화약을 채우고, 놋쇠 알을 박은 다음, 탄피의 뒤꼭지 뇌관 자리에 성냥에서 뜯어낸 화약을 발라 촛물로 고정시키면 재생 총알이 완성되었다. 대원들이 성냥이 있어도 쓰지 않고 굳이 불편한 부싯돌을 사용하는 것도 성냥이 총알 제조에 없어서는 안 될 재료였기 때문이다.

수류탄 제작도 중요했다. 수류탄 껍질은 대개 놋쇠를 녹여 만들었고, 그 속에 넣는 파편은 무쇠솥을 잘게 깬 것이었다. 화약과 함께 무쇠 조각들을 넣고, 불붙일 뇌관을 달면 수류탄이었다. 깡통도 수류탄 껍질로 사용되었다. 적의 수류탄과는 성능을 비교할 수 없었지만 방어용, 위협용으로는 제법 위력을 발휘했다. 폭음과 유난스러운 연기가 아주 그럴듯했다. 그 수류탄도 사람들 한복판에서 폭발하면 서너 사람 정도에게는 치명상을 입힐 만한 화력을 가지고 있었다.

"와따메, 이놈의 5월 공센지 염병인지 시작된께 오줌 누고 털 새도 없네잉."

김종연이 재생 총알의 뒤꼭지에 촛물 돌리는 일을 하며 입을 놀렸다. 그는 서인출과 함께 병기과로 배치되었을 때는 달굼쇠에 매질을 하거나, 쇳물 그릇 들고 내는 일을 주로 했다. 그러다 남보다 눈치 빠르고 영리한 그가 일을 속 빠르게 익혀 가장 중요한 일을 맡게 되었다.

"옳아, 어디서 찌릉내가 폴폴 나더니 바로 김 동무가 오줌 방울 덜 털어서 그런 것이로구마!"

김종연과 말장단이 척척 잘 맞는 배삼성이 잽싸게 말을 받았다.

"어허! 눈이나 귀가 밝아야 빨치산으로 쓸 것인디, 코가 밝으니 고것을 어디다 쓸 것이냐. 근천스럽게 오줌 냄새나 맡아야제."

김종연이 곧바로 말을 받아쳤고 배삼성이는 말을 되받아치지 못하고 허물어졌다. 역시 그는 김종연의 입심을 당하기 어려웠다. 입산을 하고서도 김종연의 입담은 대원들 사이에서 단연 인기가 높았다. 그는 병기과에서 일하면서도 언제나 총 들고 화선에 나서기를 바랐다. 그런 그가 유동수의 도주 소식을 들었을 때는 차마 입에 못 담을 욕을 해 대며 무섭게 화를 냈었다.

"자수혀서 혼자 살어 보겄다고? 총살이나 당해 칵 뒈져 뿌러라, 잡새끼!"

성님, 성님 하며 깍듯이 대하던 유동수에게 김종연이 처음이자 마지막으로 퍼부은 욕이었다.

"동수 성님이 병기과에 있었더라면 그리 안 되았을 것인디……."

안타까워하는 서인출의 말이었다.

"고런 인종은 어디 있어도 매한가지여!"

김종연이 단호하게 말했다. 두 사람은 아직 유동수가 총살당한 것을 모르고 있었다.

그 시간에 하대치의 부대는 순천 쪽에서 밀려드는 군경을 맞아 전투를 벌이고 있었다. 서로 연결된 산등성이 하나씩을 중대가 맡아 적의 공격을 막아 내는 방어전이었다. 전투의 총지휘는 하대치가 맡고 있었다. 그는 지휘를 위해 양쪽에 2개 중대씩 배치하고 가운데 봉우리에 서 있었다. 그의 옆에는 각 중대로 띄울 연락병들이 대기하고 있었다.

하대치가 쓰고 있는 국방군 작업모에는 큼지막한 별 하나가 그려져 있었다. 그것은 계급을 표시하는 것이 아니라 인공기의 별을 본뜬 것일 터였다. 염상진이 오래전부터 지령문의 끝에 꼭 별 하나를 그렸던 것처럼.

"2중대, 적들이 왼쪽 골짜기로 이동허고 있응께 그쪽 비탈을 조심허라고 전혀!"

하대치가 눈살을 찌푸리며 지시했다.

"야, 알겄구만이라."

앞으로 나섰던 연락병이 하대치 뒤에다 경례를 하고는 잽싸게 달리기 시작했다.

하대치는 전투할 때 여간해서 몸을 구부리는 법이 없었다. 나는 총알을 맞아도 안 죽는 사람이다, 하는 식으로 언제나 꼿꼿하게 서서 부대를 지휘했다. 입산 초기에 신빨치들은 싸움이 붙었다 하면 겁부터 먹고 머리를 쑤셔 박기 일쑤였다. 그럴 때마다 하대치는 거침없이 소리쳤다. "동무들! 요렇게 당당히 걸어 댕겨도 암시랑토 않으요. 보씨요, 총소리가 저리 지랄을 쳐도 어디 맞은 데가 있소? 내 키가 짧아서 맞을 데가 없다고 헐랑가도 모르는 디, 실은 맞자고 혀도 잘 맞지 않는 것이 총알이오. 긍께 겁먹지 말고 허리 피고, 고개를 드씨요." 그런 하대치의 배짱에 신빨치들은 기가 죽었다. '땅딸보 하대치'가 지구 안에서 금방 유명해진 것도 무리가 아니었다.

"중대장 동무! 개들이 왼쪽 골짜기로 몰린께 그쪽 비탈을 잘 지키라능마요."

2중대 연락병이 숨 가쁘게 토해 놓았다.

"이, 벌써 다 종그고 있소. 저것들이 총질은 오른쪽에서 허면서 정작 왼쪽 비탈을 기어올라 공격허겄다는, 즈그들대로 대그빡을 돌렸는디, 고것이 맘대로 되간디? 괭이 앞에 쥐새끼들이제."

여유 만만한 중대장은 천점바구였다.

"그럼 가 보겄구만이라."

연락병이 경례를 붙였다.

"그러씨요. 시간도 얼추 다 되어 간께 한두 파수만 더 애쓰면 될 것이요."

천점바구가 경례를 받으며 연락병을 격려했다. 골짜기 아래서 산발적인 총성이 계속되었고, 산등성이에서는 거의 총소리가 울리지 않았다. 적들이 사정권 안으로 들어오기 전에는 총을 쏘지 않겠다는 작전이었다. 전투가 벌써 세 시간을 넘었다. 그동안 적들이 세 차례 공격을 해 왔고, 지형적으로 유리한 하대치의 중대들은 그때마다 거뜬하게 적을 물리쳤다.

해가 서쪽으로 꽤 기울어 있었다. 적들이 위치 이동을 하는 것은 오늘의 마지막 공격을 시도하려는 것이라고 천점바구는 생각했다. 그는 부대 재편성에 따라 중대장이 되었다. 재귀열로 희생자가 많아지자 각 부대의 재정비는 불가피했다. 도당의 지시에 따라 각 지구는 소대 편제를 없애고 중대 단위의 편성을 다시 하게 되었다.

"동무들, 개들이 움직이는 것 뵈제라. 개들이 저 참나무쯤 오면 우리 중대의 폭탄 맛을 한바탕 뵈고 나서 공격허겄소."

천점바구가 작전을 지시했다.

토벌대는 나무숲에 몸을 숨겨 가며 빠르게 산비탈을 기어오르고 있었다. 흩어져서 움직이는 그들의 모습은 나무숲 사이로 드러났다가 가려지고 다시 드러나고 했다. 그들이 위험을 무릅쓰며 적극 공세를 펼치는 것은 빨치산이 장악하고 있는 해방구를 점령하기 위해서였다. 해방구를 없애려는 쪽과 해방구를 지키려는 쪽의 싸움에 양보가 있을 수 없었다.

토벌대가 비탈의 중간 지점을 넘어 참나무에 가까워지고 있었다. 천점바구가 팔을 치켜들었다. 토벌대가 참나무께를 지날 때, 천점바구가 팔을 아래로 내렸다. 그와 함께 큼지막한 돌덩이들이 쿵쾅거리며 아래로 굴러 내렸다. 돌덩이들은 구를수록 가속도가 붙었다. 어떤 것은 큰 나무에 부딪쳐 튕겨 올랐다가 다시 구르기도 했고, 어떤 것은 작은 나무를 그대로 깔아뭉개며 구르기도 했다.

"피해라, 돌이다!"

아래서 터진 다급한 외침이었다.

"저 빨갱이 새끼들!"

"워메, 사람 잡겠네!"

이런 소리들과 함께 돌을 피하려는 토벌대들의 황급한 모습이 숲 사이로 보였다. 총을 겨눈 천점바구네 부대원들은 쿡쿡거리며 웃었다. 천점바구가 아까 말한 중대의 폭탄이란 그 돌덩이였다. 돌덩이를 굴려서 적들에게 피해를 입히자는 게 아니었다. 적의 신경을 자극하려는 일종의 심리전이었다.

"요 빨갱이 새끼들아, 총알 떨어졌으면 돌덩이 굴리지 말고 자수혀! 자수허면 살려 준다―."

아래서 들려오는 소리였다.

"워메 고마우요이―. 에라이 반동 새끼들아, 웃기지 말고 느그가 우리헌테 자수혀라. 진짜로 살려 줄 팅께로."

소리 지를 일이 있을 때마다 도맡고 나서는 목청 큰 유만복이 외쳐 댔다.

적진에서 일제히 사격을 가하며 적들이 돌격전을 펴고 있었다.

"사겨억 개시!"

천점바구가 외쳤다.

중대원들이 일제히 방아쇠를 당겼다. 총소리가 요란하게 엉클어졌다. 천점바구는 적 하나가 핑글 한 바퀴 돌아 나뒹구는 걸 노려보며 총구 방향을 약간 틀었다. 적진에서 던진 수류탄이 터져 오르고, 폭풍과 불길에 휩쓸려 나무와 풀들이 경련을 일으키고 있었다. 그러나 수류탄이 터진 곳은 이쪽 화선에서 꽤나 멀었다. 수류탄 폭연이 잦아들고 있는 사이로 적 하나가 푹 고꾸라지는 것을 외서댁은 비식 웃으며 쏘아보고 있었다.

10여 분 만에 적진에서 먼저 사격을 멈추었다.

"중지, 중지!"

천점바구는 다급하게 팔을 내저었다.

"야이 빨갱이 새끼들아! 납탄 쏘지 말어. 제네바 협정 위반이다!"

적진에서 외치는 소리였다.

"내가 대거리헐라요."

외서댁이 벌떡 일어났다. 외서댁 목청이 유만복 다음으로 크고 카랑카랑한 것은 다 아는 일이었다.

"요런 반동 새끼들아! 납탄이 무서우면 총알 놓고 가면 될 거 아니여! 잡소리 말고 총알이나 놓고 가!"

두 주먹을 부르쥔 외서댁이 있는껏 목청을 뽑았다. 그런 그녀의 머리에는 옷고름 너비의 새빨간 천이 질끈 동여매져 있었다. 그녀는 전투가 벌어지면 언제나 그 새빨간 천을 질끈 동여매고는 했다. 그리고 전투가 끝나면 그것을 풀어 정성스럽게 접어 가지고 몸뻬 주머니에 넣었다. 새빨간 천을 낭자머리 위에 매듭진 그녀의 모습은 남자 대원들이 무색할 정도로 용맹스럽게 보였다.

곧 오른쪽 산등성이에서 외침이 들려왔다.

"공화국 시간 왔다! 공화국 시간 왔다아!"

"잉? 벌써 그리 됐는갑네. 동무들, 우리도 싸게 공화국 시간을 알립시다."

천점바구가 손짓을 했다.

"공화국 시간 왔다! 나가자, 쳐부시자!"

2중대원들이 팔을 뻗으며 합창을 했다.

오후 두세 시 사이를 '공화국 시간'이라고 불렀다. 그 말은 '앞으로는 우리 세상'이라는 은유였다. 야간 전투력이 약한 군경이 야간전투를 피하려면 안전지대까지의 거리 때문에 그 무렵에 철수를 시작해야 했다. 더 늑장을 부리다가는 철수하는 도중에 날이 어두워져 기습당하기 십상이었다. 그래서 빨치산들은 전투를 하다가도 그 시간이 되면 '공화국 시간'을 외쳐 대며 기세를 올렸고, 군경은 약속이나 한 것처럼 퇴각 준비를 하고는 했다.

아래쪽에서 총소리가 산발적으로 울렸다. 위협사격을 하며 비탈을 내려가는 적들이 보였다.

"동무들! 빨치산의 노래, 시이작!"

천점바구가 손을 치켜들며 신호했다.

반동의 시체를 넘고 넘어

앞으로 앞으로

섬진강아 흘러가라

우리는 승리한다

원한 위에 피에 맺힌

반동을 무찌르고서

꽃잎처럼 피어나는

혁명의 깃발이여

공화국 시간에만 부르는 〈빨치산의 노래〉였다. 그 또한 상대방들의 사기를 위축시키고자 하는 심리전이었다. 자기네 주제곡 가사를 바꾼 그 노래를 등 뒤로 들으며 적들은 퇴각하고 있었다.

송치골의 6개 도당 위원장 회의가 끝난 뒤부터 전북도당 사령부 소속 대원들 사이에 여러 말이 떠돌았다. 도당 위원장이 모든 권한을 이현상 선생한테 빼앗겼다는 말과 전북도당 대원들이 이현상 부대로 뽑혀 간다는 것이었다.

손승호는 그런 소리들을 귓등으로 들으며 나날을 보내고 있었다. 그의 관심은 그저 재귀열의 재발을 막는 데 있었다. 먹을 수 있는 것이면 무엇이든지 입에 쓸어 넣고 싶은 눈 뒤집히는 허기를 이겨 내야 했다. 들끓는 열에 휘둘리며 사경을 헤매던 때를 생각하고, 이대로 죽을 수는 없다는 의지를 세우며 먹고 싶은 고통을 이겨 냈다. 그렇게 재발 위험은 어느 정도 넘겼지만, 끼니가 부실해서 회복이 더뎠다.

손승호는 찔레 순을 따서 껍질을 벗겼다. 살 오른 찔레 순은 약간 떫은 듯 달차근해 꼭꼭 씹으면 먹을 만했다. 어린 날 찔레 순도, 삐비도, 띠풀 뿌리도, 장다리꽃도, 봄철의 아이들 먹이였다. 그런 것을 먹고 자란 세월이 뿌연 기억으로 떠올랐다. 아이들이 그런 것을 먹기는 지금도 마찬가지였다. 세월은 흘러갔으되 세상은 달라진 것이 없었다. 달라진 세상을 보지 못한 채 세균전의 희생물로 죽을 수는 없었다.

"손 동무, 여기 계셨군요."

박난희가 숨을 할딱거리며 다가왔다.

"무슨 좋은 일 있다고 그리 급하게 다니시오."

손승호가 심드렁하게 말했다.

"좋은 일이 아니고 나쁜 일이 생겼어요."

박난희가 낮고 빠르게 속삭였다. 그때서야 손승호는 그녀에게 눈길을 모았다.

"회복기 환자들을 이현상 선생 부대로 보내기로 결정했대요. 큰 일 났잖아요."

그게 무슨 큰일이오? 하는 말이 나오려는 것을 손승호는 참았다. 각 도당이 자기들 도에서 투쟁하고 있는 상태에서 이현상 부대가 있는 깊은 지리산으로 들어가는 게 무슨 의미가 있을까. 지리산이 3개 도에 걸쳐 있어서 총사령부를 설치하기 좋아서인가? 아니면…… 사령부 설치를 겸해 미리 투쟁 거점을 확보해 두자는 것인가? 지금 상황은 여순 항쟁 직후와는 다르지 않은가. 그때는 피신 투쟁지로서 지리산으로 들어갈 수밖에 없었고, 지금은 넓은 지역에서 투쟁하고 있지 않은가. 그런데 왜 지리산으로 일부러 들어간단 말인가. 지금은 인민들 옆에서 투쟁할 시기가 아닐까. 지리산은 그런 투쟁이 한계에 다다랐을 때 피신 투쟁지로 선택하는 곳이 아닐까. 의병들도, 동학군들도 그랬는데……. 투쟁이 치열하게 진행 중인 상황에서 어째서 그 깊은 지리산으로 들어간다는 것인가. 알 수 없는 일이다…….

"뭘 그리 생각하세요?"

박난희가 얼굴을 가까이 디밀었다.

"별생각 아니오."

손승호의 수척한 얼굴이 희미하게 웃었다.

"어떡하시겠어요?"

큰 눈을 더 크게 뜨며 박난희가 물었다.

"뭘 말이오?"

"아이 참! 몸이 이래 가지고는 딴 부대로 가실 수 없잖아요."

박난희 씨, 솔직하게 말씀하셔야지, 내가 떠나는 게 싫다고. 그래, 나를 그렇게 생각해 주다니, 고맙군……. 손승호는 지그시 웃었다.

"그게 어디 내 맘대로 되는 일이겠소? 조직이 하는 일이지."

"조직은 뭐 사람이 움직이는 게 아닌가요? 빨리 박두병 동지를 찾아가서 부탁하세요. 그분 능력으로는 얼마든지 해결할 수 있어요."

박난희의 입술에 질긴 힘이 모아져 있었다.

"글세……. 좀 생각해 봅시다."

"아니에요. 생각할 여유가 없어요. 곧 전출이 시작된대요."

박난희는 안달이었다.

"알겠소. 내가 알아서 할 테니 걱정 마시오."

"이런 몸으로 여길 떠났다간 큰일 난다는 걸 잊지 마셔야 해요."

박난희는 힘주어 말했다.

박난희가 돌아간 다음에도 손승호는 생각에 잠겨 있었다. 지원 병력을 보내면서 왜 하필이면 회복기의 환자들일까. 자기 한 몸도 제대로 가누지 못하는 사람들만 전출시키는 의미는 무엇일까. 이 현상 사령관의 병력 요청에 도당 위원장은 마지못해 그 숫자나 채우자고 회복기 환자들을 골라낸 것이 아닐까? 그게 아니면 허약한 사람들을 지리산으로 데려가 건강을 회복시키려는 것일까? 그 내막이야 알 도리가 없고, 어쨌거나 지금 지리산에 틀어박히는 건 의미가 없다. 지금은 그야말로 유격 투쟁 시기지 피신 투쟁시기가 아니다. 박두병을 만나고 보자……. 손승호는 기운 없는 몸을 일으켰다.

박두병은 무슨 글인가를 쓰고 있다가 손승호를 반갑게 맞았다.

"아이쿠 손 동지, 몸은 좀 어떠시오?"

박두병은 언제나처럼 그늘 없는 얼굴로 힘이 넘치는 악수를 했다.

"예, 점차 좋아지고 있습니다."

"아직도 수척하신데, 워낙 먹는 게 부실하니까……."

박두병이 민망해하며 혀를 찼다.

"아닙니다, 그것도 투쟁 아닌가요. 그런데 방해가 안 되는지 모르겠습니다."

손승호는 책상으로 쓰고 있는 미군 탄약상자 위에 펼쳐진 종이로 눈길을 보냈다.

"염려 마십시오. 신문에 낼 글인데, 거의 다 썼습니다."

손승호는 박두병의 말을 들으면서도 눈길을 책상에 그대로 두고 있었다.

"뭘 그리 보십니까?"

"아 예, 저 펜에 영어가 씌어 있어서······."

"이 볼펜 말입니까? 미군 전용 볼펜입니다."

박두병이 볼펜을 내밀었다. 손승호가 받아 든 볼펜에 씌어 있는 영어는 U.S. GOVERNMENT였다.

"보투에서 생긴 겁니다. 미군 전용 볼펜으로 미제를 타도하자는 글을 쓰고 있는 거지요."

"빨치산 전술에 아주 충실하고 있는 셈이군요."

"맞어요, 맞어요."

두 사람은 마주 보고 웃었다.

"무슨 하실 말씀이라도 있으신지······."

박두병이 먼저 말문을 열었다. 손승호가 그저 심심해서 왔을 리 없었기 때문이다.

"전출 문제에 관해 좀 알아볼까 해서요. 회복기 환자들을 보낸

다는데 저도 포함됐는지, 포함됐으면 빼 주실 수 없으신지 알아
보려구요."

손승호는 짧게 용건을 밝혔다.

"왜, 여기가 좋으십니까?"

박두병이 손승호를 바라보며 웃었다.

"예, 정도 들었고, 지금 지리산으로 들어가야 할 의미를 발견할
수가 없습니다."

입을 꾹 다문 박두병이 고개를 끄덕였다.

"염려 마십시오. 손 동지는 전출자 명단에 없습니다. 우리 도당
에 없어서는 안 될 일꾼인걸요."

박두병이 시원스럽게 말했다.

"일꾼이긴요. 모자라는 게 너무 많습니다."

손승호는 안도하며 말했다.

"겸손의 말씀입니다. 그런데 손 동지의 지적대로 지금 지리산으
로 들어가는 것도 문제지만, 그보다 앞선 문제점은 도당 위에 유
격 사령부가 올라앉게 된 조직 개편입니다. 당 조직 위에 군사 조
직이 올라앉게 된 건 국가 조직 위에 군사 조직이 올라앉은 것과
같은데, 그런 경우는 그 어느 나라에도 없습니다. 얼마 전에 해고
당한 맥아더를 보세요. 맥아더는 자신의 유엔군 사령관이란 직책
을 전 세계의 지배자인 줄 착각했어요. 그 착각이 대통령을 무시

하고 제멋대로 행동하게 한 겁니다. 군인이 대통령 위에 올라앉으려 하니 축출당할 수밖에요. 아무리 전시라 해도 군대 조직은 어디까지나 국가 조직의 일부일 뿐입니다."

박두병은 명쾌한 논리로 문제의 핵심을 찔렀다.

"무슨 말씀인지 잘 알겠습니다. 그럼, 그만 가 보겠습니다."

손승호는 돌아오면서 박두병의 말을 되짚어 보았다. 그 회의의 결정은 민주적으로 이루어졌는가? 그렇지 않다. 병력 지원은 호의적 협조로 이루어진 것인가? 그렇지 않다. 민주적이지 않은데 어떻게 그런 중대한 문제가 결정될 수 있는가? 주재자가 이현상이니까. 호의적 협조가 아닌데 왜 대원들을 차출하는가? 요구자가 이현상이니까. 왜 이현상은 당의 근본 원칙을 위배하는 결정을 내렸을까? 맥아더 같은 착각에 빠졌으니까. 당을 무시하는 그런 결정적 과오를 범한 이현상은 어떻게 될까?

손승호는 마음이 무거웠다. 이현상이란 이름 석 자를 모르는 사람은 거의 없었다. 그만큼 그의 투쟁은 장기간에 걸쳐 영웅적이고 신화적이었다. 그런 사람이 어떻게 그런 과오를 범하고, 그런 오류를 저지를 수 있을까. 그런 사람이니까 그럴 수 있는 거라고? 어쩌면 그럴지도 모른다.

손승호는 연예대 움막 쪽으로 발길을 돌렸다.

"손 동무, 손님이 찾아왔소."

움막에 가까워졌을 때 누군가가 말했다.

"손님?"

"손 동무시요?"

앞으로 다가선 얼굴은 모르는 사람이었다.

"맞는데, 누구신지요?"

"선요원인디요, 솥뚜껑 동무가 보낸 것이요."

선요원이 담뱃갑만 한 것을 내밀었다.

"이게 뭡니까?"

"모르겄소. 속에 편지 들었답디다."

"고맙소. 안부 좀 전해 주시오."

"알겄소."

종이를 풀자 뜻밖에도 인삼 두 뿌리가 나왔다. 편지는 그 밑에 들어 있었다.

孫(손) 동무 前上書(전상서)

病後回復(병후회복)은 좀 어뗘시요. 늦게사 病(병) 앓았단 消息(소식) 듣고 기막힙디다. 그려도 목숨 탈 없응께 얼마나 多幸(다행)허요. 回復(회복)에 이로우라고 요것을 보내니 씹어서 잡수시요. 너무 작아서 面目(면목) 없소. 線要員(선요원)헌테 사사로이 일시키는 것은 黨(당)이 禁(금)허는 것이지만 孫(손) 동무같이 장헌 동무

돕는 일인께 黨(당)도 理解(이해)헐 것이구만요. 어서 回復(회복)
허시고 無事(무사)허시기 바랍니다. 틀린 漢文字(한문자)가 없는
지 걱정스럽구만이라.

　솥뚜껑 拜上(배상)

편지 위에 물방울이 뚝 떨어졌다. 손승호는 눈을 질끈 감으며
고개를 뒤로 젖혔다. 인삼을 구하느라 무진 애썼을 솥뚜껑의 모
습이 떠올랐다. 손승호는 자꾸만 솟는 눈물을 목이 아프도록 되
삼키고 있었다.

14

사형 대신 써야 하는 수기

사형이 언도되는 순간 김미선은 현기증에 휩싸였다. 그때 그냥 북으로 갔어야 하지 않을까……. 아니야, 두 새끼를 두고는 어쩔 수 없었어. 하지만 이렇게 잡혀 버렸으니 무슨 소용이야……. 아니지, 잡히더라도 몇 년 징역을 살고 나서 자식들을 지키는 편이 낫다고 각오는 했었지. 이원조 그분은 나의 그런 마음을 헤아렸을까? 그분의 말 없는 묵인은 무슨 의미였을까? 자식 가진 여자의 심정을 이해했던 것일까? 아니면, 강제로 북행을 시켜 봐야 그 정신 상태가 당원으로서 쓸모가 없다고 포기해 버린 것일까? 아니야, 문학평론가인 그분은 에미의 심정을 충분히 이해하셨을 거야. 나는 당을 버린 게 아니야. 혁명을 포기한 게 아니야. 어린 자식들을 살리기 위해 잠시 투쟁을 멈춘 것뿐이야. 그분이 고개를 저었다면 난 분명히 북행을 했을 거야. 하지만…… 사형을 당하면! 그럴 리 없어. 군인도 아니고, 사람을 죽인 것도 아니고, 기자일 뿐인데, 죽이기야 하려고……. 조사받는 동안 날마다 되풀이한 생각이었다.

그런데 형벌은 막상 사형이었다. 두 아이의 얼굴이 이 불쌍한 것들아! 하는 울부짖음을 솟게 했다. 그러나 법정에서는 눈물을 보이지 않았고, 법정을 나설 때도 흐트러짐 없이 똑바로 걸었다. 그러나 감방으로 돌아와 허물어지고 말았다. 죽음 앞에서 확대되는 건 두 자식이었다. 자신이 세상에서 사라지게 되면 어린 두 자식은 어찌 될 것인가……. 그 절박함 앞에서 눈물은 걷잡을 수 없이 쏟아졌다. 동지로서 짝을 맺은 남편이 백색 테러의 희생이 분명한 행방불명이 되었을 때 떨군 눈물은 슬픔이 아니라 오히려 결의였다. 그런데 두 자식을 두고 떠나야 하는 눈물은 걷잡을 수 없는 절망이었다. 기적이 일어나지 않고는 사형을 면할 길이 없었다. 그 기적이란 인민군이 다시 서울을 탈환하는 것뿐이었다. 그러나 그 막연한 기대에 비해 사형 집행은 너무나 가까이 있었다.

그런데 '엉뚱한 기적'이 김미선을 찾아들었다. 선고를 받고 나서 이틀 뒤였다.

"김미선, 면회!"

　자물쇠를 따며 간수가 던진 말이었다. 김미선은 어리둥절했다. 면회 올 사람이 없는 데다 사형선고를 받은 사상범에게 면회가 허용된다는 사실이 믿어지지 않았다. 김미선은 밖으로 나가면서 좋지 않은 예감이 들었다. 그러나 이내 사형보다 나쁜 일이 뭐가 있겠나 생각했다.

　김미선이 간수를 따라간 곳은 면회실이 아닌 사무실이었다. 사무실에는 계급장 없는 군복을 입은 두 사내가 앉아 있었다. 그들을 보는 순간 김미선은 찌르르 전기가 오르는 것 같았다. '계급장 없는 군복'이 주는 공포감이었다. 계급장 없는 군복들에게 그동안 닦달을 당할 만큼 당한 반사작용이었다. 그들은 계급장 없는 군복 속에 정체를 감추고 무자비한 고문 취조를 하는 자동기계들이었다.

"김미선, 고개 들어!"

우악스러운 목소리에 김미선은 무겁게 고개를 들었다.

"김미선, 너한테 특별히 살아날 기회를 주겠다. 이분 말씀 잘 듣도록!"

머리가 짧은 사내가 윽박지르듯 말했다. 그녀는 '살아날 기회'라는 말에 아무런 느낌도 없었다.

"자, 말씀하십시오."

머리 짧은 사내가 옆 사람에게 말했다.

"김미선 씨, 날 좀 보시오."

굵고 낮은 그 목소리는 존대를 썼다. 그녀는 앞에 앉아 있는 남자가 계급장 없는 군복들과는 다르다는 것을 알아보았다. 그 남자는 계급장 없는 군복을 입었으면서도 머리칼이 짧지 않았고, 눈에 독기도 없었다.

"내가 누군지 알지도 모르겠는데, 김미선 씨에게 죽음의 사슬에서 벗어날 기회를 주려고 이렇게 왔소."

남자가 잠시 말을 멈추었다. 눈에 익은 얼굴이었다. ……누굴까? 김미선의 머리가 빠르게 회전했다.

"김미선 씨는 여자로서 직업도 흔치 않고, 괴뢰 치하에서 겪은 바도 남다를 테니, 그걸 수기로 기록해 보라 그것이오. 물론 전향적 입장에서 말이오. 이런 내 권유에 당장은 거부감이 들지도 모르겠소. 내 말이 갑작스러운 데다, 김미선 씨가 좌익 생활을 너무 오래했기 때문이오. 얼마 동안 생각할 여유를 드리겠소. 오늘 온 김에 몇 가지 말해 두고 싶소. 김미선 씨가 부잣집 딸로 태어나 좌익 사상을 갖게 된 것을 난 충분히 이해하고 있소. 일제 치하에서 공산주의 혁명은 조국 해방의 한 방법일 수 있었고, 그래서 많은 부잣집 자식들이 공산주의 사상에 빠져들었소. 나도 그런 사람 중 하나였소. 그러나 우리는 공산주의 혁명으로 해방을 이룬 게 아니라 연합군 덕으로 해방을 얻었소. 그렇다면 해방이 이루어졌으니까 수단일 뿐인 공산주의는 버려야 하지 않겠소? 아니, 공산주의 혁명은 조국 해방만이 아니라 인민 해방까지 동시에 이루자는 것이었다고 할 수도 있소. 그래도 좋소. 인민 해방이 공산주의에서만 이룰 수 있는 건 아니잖소. 자유민주주의 사회에서도 얼마든지 할 수 있는 일 아니겠소? 그리고 북한 공산주의자들이 저지른 만행은 도대체 뭐요. 전쟁을 일으켜 얼마나 많은 사람을 살상했고, 얼마나 많은 재산을 잿더미로 만들었냔 말이요. 지금 괴뢰군은 삼팔선 전역에서 북으로 밀리고 있소. 김미선 씨는 괴뢰군이 서울로 다시 치고 내려오리라고 믿고 있는지 모르지만, 그런 허황한 꿈은 깨는 게 좋소. 김미선 씨가 만주에서 내려올 때 직접 봐서 알겠지만, 북쪽은 남쪽보다 심하게 잿더미가 돼서 더 이상 전쟁을 수행할 능력이 없소."

남자가 말을 멈추었다. 고생이라고는 모르고 살아온 것이 분명한 그의 말끔한 얼굴에 부드러운 웃음이 감돌았다. 김미선은 그의 말 같지 않은 말을 들으며, 그가 도대체 누구인지 생각해 내려고 애썼다.

"사상이란 게 도대체 하나뿐인 생명과 바꿀 가치가 있는 게요? 아니, 김미선 씨는 두 자식까지 합해서 세 목숨이오. 사상이란 한때 가질 수도 있고, 또한 깨끗이 버릴 수도 있는 게요. 김미선 씨의 경우 그때가 바로 지금이오. 수기를 쓰기만 하면 그것을 전향서 삼아 무죄 석방할 것이오. 석방되어 자유 대한의 품에 안겨 광명을 찾기를 바라오. 같이 글을 쓰는 입장에서 나도 돕고 싶소. 실례하겠소."

그 남자가 몸을 일으켰다. 같이 글을 쓰는 입장! 김미선의 머릿속에서 마침내 그 남자의 얼굴과 이름이 일치되었다. 아, 저자는 소설가 이 아무개 아닌가! 젊은 놈이 해 먹을 짓이 없어 수사기관 앞잡이 노릇이란 말이냐. 그래, 네놈은 일정 때부터 이광수 꽁무니에 붙어 친일하고 싶어 몸살을 했던 놈 아니더냐. 버러지 같은 자식…….

김미선은 의식이 썩을 대로 썩은 삼류 소설가 이 아무개의 말을 듣지 않은 것으로 하고 싶었다. 그것은 두 아이를 미끼로 삼은 함정이었다. 지극히 인간적인 것 같으면서 더없이 비인간적인 회유……. 그것은 고문보다 잔인했다.

이틀 뒤, 그녀는 또 간수를 따라 감방을 나갔다. 괴로움만 씹었을 뿐 마음은 그자가 원하는 쪽으로 움직이지 않은 상태였다. 그런데 간수가 데려간 곳은 사무실이 아니라 면회실이었다.

면회실에 들어선 김미선은 우뚝 굳었다. 거기에는 파삭 늙어 버린 친정어머니와 두 아이가 와 있었다.

"엄마!"

작은아들의 울음 섞인 소리가 울렸다. 그냥 돌아서 버리려던 마음이 와르르 무너졌다.

"승욱아!"

그녀는 철망 쪽으로 내달았다.

"엄마야, 보고 싶었어."

작은아들이 철망에 매달려 울음을 터뜨렸다. 그녀는 철망을 잡은 작은 손가락을 어루만졌다.

"용욱아, 너도 손, 손!"

그녀는 숨이 가쁜 듯 큰아들에게 말하며 한 손으로 철망을 더

듣었다.

"엄마, 안녕하셨어요."

큰아들도 철망을 잡았다. 큰아들의 눈에서 눈물이 흘렀다. 그 눈물을 보자 억누르고 있던 눈물이 기어코 터지고 말았다. 그녀는 눈물을 쏟으며 두 아이의 손가락을 정신없이 매만졌다.

"고생이 많지야?"

친정어머니가 손수건으로 눈을 훔치며 말했다.

"전 괜찮아요. 어무니가 애들 데리고……."

그녀는 목이 메고 말았다.

"니가 없어지면, 이것들이 어찌 되겠냐. 새끼들 위해서 그저 시키는 대로 해라."

친정어머니의 말에 그녀는 고개를 떨어뜨렸다. 친정어머니가 비록 그자들의 흉계에 끌려 여기까지 왔다 해도 그 말만은 진심이었다. 전향 수기를 쓰면 사형을 면하게 된다는 그자들의 한마디만 듣고도 어머니는 솔선해서 그 말을 하게 되어 있었다.

그녀는 면회를 끝내고 감방으로 돌아와서 손바닥으로 입을 틀어막고 울었다.

수기를 쓰면……. 그자들은 선전용으로 이용해 먹을 것이다. 그런 참담한 꼴을 보이려고 투쟁에 뛰어든 게 아니었다. 그런 비참한 항복을 하려고 역사의 편에 선 게 아니었다. 그 순결을 더럽히지 않는 길은 죽음뿐이었다. 그런데…… 그런데…….

그녀는 울다가 지쳐 감방 바닥에 쓰러졌다.

다음 날 또 간수를 따라갔다. 사무실에 소설가 이 아무개가 기다리고 있었다.

"수기는 가명으로 낼 것을 약속합니다. 그리고 이건 비밀인데, 미·소가 휴전을 논의하고 있소."

그자의 말이었다. 김미선은 머리가 쿵 울렸다. 거짓말이야! 날 속이려는 거야! 그녀는 완강하게 그 충격을 떠밀었다. 그러나 도시마다 부서지고 불타 버린 북쪽의 모습이 눈앞에 어른거렸다. 그 절망적인 파괴가 현실인 이상 휴전이라는 말이 오간다는 것은 결코 터무니없는 소리가 아니리라 싶었다.

소설가 이 아무개는 두 번을 더 찾아왔다. 그때마다 그자는 연기된 사형 집행 날짜를 일깨웠고, 치졸한 인생론을 장황하게 늘어놓고는 했다. 그녀는 비쩍비쩍 몸이 타들어 갔다. 두 자식이 매달려 있는 올가미가 갈수록 목을 죄어 오고 있었다.

"김미선, 면회!"

그녀는 섬뜩 놀라며 두 손바닥으로 양쪽 귀를 막았다.

"자, 오늘은 결론만 간단하게 대답하세요. 하겠소, 안 하겠소!"

그자의 냉정한 말이었다. 김미선은 고개를 들었다. 그리고 상대방을 똑바로 보았다.

"빨리 대답하시오. 시간이 없소."

이 아무개가 싸늘하게 말했다. 그녀는 떠밀리는 기분으로 눈길을 피했다.

"어떡하겠소! 마지막 기회요."

낭떠러지의 막바지였다. 그녀는 보일 듯 말 듯 고개를 끄덕였다.

"분명하게 말로 대답하시오!"

소설가 이 아무개의 입 언저리에 비릿한 웃음이 번지고 있었다.

"하겠어……."

그녀가 흑 울음을 터뜨리며 책상에 엎드렸다.

"잘 생각했소. 당장 장소를 옮기도록 하겠소."

그자가 벌떡 일어났다. 김미선의 좁고 여윈 어깨가 잘게 들먹이고 있었다.

심재모는 원대 복귀 날짜가 정해지자 이삼 일 동안 병원을 떠날 수 있게 되었다. 마음 한구석에 늘 찜찜하게 남아 있는 단양을 찾아갔다.

원주까지는 군용열차를 두 번 갈아탔다. 전시답게 각종 군용 차량들은 뿌연 흙먼지들을 일으키며 포장 안 된 길들을 질주했고, 소령 계급장은 아무 차나 쉽게 얻어 탈 수 있게 했다.

차를 두 번 갈아타면서 전방의 전투 소식도 생생하게 들을 수 있었다.

"아이고, 말이 전투지 그게 어디 사람이 할 짓입니까. 어디서나 고지 탈환 전투를 하는데, 서로 뺏으려고 하고, 뺏기면 다시 찾으려 하고, 그러다 보니 폭탄을 퍼부어 대다가 끝장에는 꼭 육박전을 벌이게 되니, 사람이 수없이 죽고, 당최 눈 뜨고 볼 수가 없어요."

옆에 앉은 중위의 말을 들으며 심재모는 더욱 치열해진 전투 상황을 실감할 수 있었다.

산으로 에워싸인 작은 도시도 단양도 어김없이 전쟁 피해를 입고 있었다. 심재모는 곧장 순덕이가 있을 하숙집으로 갔다. 그녀를 억지로라도 고향으로 돌려보내지 못한 것이 또 후회스러웠다. 단순한 책임감 때문이 아니었다. 그녀가 벌고 집에 돌아가지 않았다는 것을 확인한 뒤로 그녀가 자신의 가슴 한구석을 차지하고 있었던 것이다.

하숙집 대문은 반나마 열려 있었다.

"아주머니 계십니까?"

그는 마당으로 들어섰다.

"누구쉬우?"

열린 방문에서 여자가 얼굴을 내밀며 물었다. 심재모는 주춤했다. 낯모르는 얼굴이었다.

"주인아주머니 안 계십니까?"

"내가 주인인디유."

여자가 알 수 없다는 듯 눈을 껌벅거렸다.

"그럼, 전에 여기 살던 분들은 어디로 이사 갔습니까?"

심재모는 난감한 심정이 되면서 물었다.

"충주댁 찾으시는감유?"

여자가 느리게 방에서 나왔다.

"예, 충주댁 맞습니다."

"그 난리 당하구 무서워서 못 살겠다구 친정 있는 충주로 이사 갔구먼유."

쉰이 넘어 보이는 여자가 눈을 껌벅거렸다.

"그 난리라니, 전쟁이 무서워 피난을 떠났다는 말입니까?"

심재모는 다소 마음을 놓으며 물었다.

"아니지유. 작년 겨울까지 이 집에 살다가 그 흉한 난리 당하고 짐을 쌌지유."

"자꾸 난리라고 하시는데, 전쟁 말고 무슨 난리가 또 있었습니까?"

"어디 총질하는 것만 난리인가유. 코쟁이들이 여자들 욕보인 것이 여자들한테는 더 무서운 난리지유."

"그럼 이 집에서 무슨 일 당했다는 겁니까?"

심재모가 다그치듯 물었다.

"어디 이 집만 당했나유. 그날 밤에 밀어닥친 코쟁이들한테 온 동네 집집이 쑥밭이 됐지유."

여인네가 한숨을 토해 냈다.

"이 집에 함께 살던 처녀가 있었는데, 어찌 됐는지 아십니까?"

여인네는 힘없는 눈길로 심재모를 물끄러미 보다가 입을 열었다.

"나같이 늙은 사람이나 그 흉한 꼴 면했지 좀 젊은 여자들은 다 당했구만유."

여인네는 고개를 설레설레 저었다.

"아니, 아주머니가 이 집에 살던 처녀를 아시는지, 그걸 묻는 겁니다."

심재모의 다급한 말에 짜증이 섞였다.

"알지유, 순덕이라구."

여인네의 말에 심재모의 가슴은 와르르 무너졌다. 숨이 막힐 듯 분노가 치솟으면서 몸이 부들부들 떨려 왔다.

"진작 왔어야지 너무 늦었지유. 흉한 놈의 세상."

심재모의 귀에 여인의 말이 먼 메아리로 들렸다. 심재모는 감정을 다스렸다. 아직 확인할 일이 한 가지 있었다.

"그 처녀도 충주로 함께 떠났습니까?"

"아니유. 혼자 떠났지유."

"어디로요?"

심재모의 목소리가 갑자기 커졌다.

"모르지유. 말 안 하고 떠났으니."

여인네는 그저 고개만 저었다.

심재모는 온몸에 힘이 쑥 빠져 버렸다. 순박하기 그지없는 순덕이의 얼굴이 눈앞에서 울고 있었다.

"서장님, 저는 벌써 두 번이나 갔다 왔구만요."

서 순경이 기죽은 소리로 말했다.

"어허, 명령이면 따를 것이지 무슨 말이 그렇게 많소."

남인태가 싸늘하게 내쏘았다.

"그래도 원칙이 있지 않습니까. 저는 부정을 저지른 일도 없는데 세 번째 내보내는 것은……."

"그래서, 명령에 복종할 수 없다 그거요?"

남인태가 눈을 부라렸고, 서 순경은 움찔했다.

"그게 아니라, 아직 한 번도 토벌에 안 나간 사람도 있으니 공평하게……."

"시끄럽소! 당신, 이제 보니 사상이 불온하구만"

남인태가 상대방을 노려보았다.

"아니, 무, 무슨 말씀입니까!"

서 순경의 눈이 휘둥그레졌다.

"사상이 불온하지 않고서야 명령 불복종에, 동료를 모함할 수 있느냐 그거요."

"그게 아니라 서장님……."

"듣기 싫다니까. 당신, 말조심하고 명령 잘 따라. 아니면 본서를 떠나 취약 지구 지서로 가거나, 토벌대에 말뚝 박게 될 테니까."

남인태의 말이 비꼬였다.

서 순경의 얼굴이 하얗게 굳어졌다.

"서 순경은 안팎으로 빨갱이 집안 아니오. 당숙 아들놈에, 외삼촌 아들놈까지 입산 빨갱이 아닌가. 서 순경이 깨끗한 걸 보이려면 솔선해서 토벌에 나가야 할 처진데, 그렇게 자꾸 빠지려고 하면 그자들의 활동을 도우려는 것으로 의심받는다 그거요. 그만 나가 보시오."

고개를 푹 떨군 서 순경이 돌아섰고, 남인태는 그런 부하의 뒷모습을 보며 웃음을 피웠다.

경찰서마다 토벌대 차출을 놓고 그런 식의 말썽이 일어났다. 경찰은 돌아가면서 토벌대에 참가하게 되어 있었다. 그러나 하나같이 토벌대에 나가기를 꺼려 꽁무니를 뺐고, 순서는 지켜지지 않았다. 그도 그럴 것이 토벌대에 나가면 어느 산골짜기에 처박혀 죽을지 모를 일이기 때문이었다. 그런데 경력이 많은 사람일수록 친일 경력의 경찰이었고, 세상의 물결을 요령 좋게 타고 넘는 기회주의를 몸에 익힌 그들은 거의가 뒤꽁무니를 뺐다. 그러다 보니 돈이나 빽 없는 사람, 조그만 트집이라도 잡힐 게 있는 사람은 토벌대 신세를 면할 수 없었다.

한편, 권 서장은 염상구와 승강이를 벌이고 있었다.

"몇 번이나 국민방위군과 향토방위대법이 해체되었다고 말해야 합니까."

권 서장의 얼굴에 짜증이 묻어났다.

"나야 고런 것 알 바 없고, 우리 아그들을 토벌대로 돌리는 것은 반대요."

염상구는 고개를 홰홰 저었다. 그는 검정 양복 차림에 조끼를 입고 있었는데, 그 단춧고리에서 주머니로 시계 금줄이 드리워 있었다. 장가를 든 뒤로 그가 즐겨 입는 옷차림이었다.

"염 단장, 아니, 염 사장님, 이건 법에 따라 처리할 문제니까 협조 좀 하시오."

염상구는 장가를 가고부터 자신을 '염 단장'이 아니라 '염 사장님'으로 불러 주기를 원했다.

"더 말해 봐야 소용없소. 그리 못허겄다는 내 생각은 콱 박은 말뚝잉께!"

염상구의 태도는 자신만만했다.

"정 그렇다면 별수 없소, 법대로 할 수밖에."

권 서장이 쓴 입맛을 다셨다.

"버업!" 염상구는 목청을 높이고는 "아하! 어디 한번 붙어 봅시다. 서장이 쎈가 요 염상구가 쎈가. 해방되고부터 이 죽일 놈들이 궂은일 다 부려 먹더니, 난리가 터진께 똥 친 막대기맹키로 우리를 내뿔고 즈그들만 쏙 빠져나가? 그려도 참고 협조했어. 근디 인제 죽을 구덩이로 처박겄다고? 어디 맘대로 혀 보드라고. 토벌대로 나가서 죽으나, 경찰허고 총질해서 죽으나, 죽기는 매일반잉께!"

얼굴에 독기를 품은 염상구가 자리를 박차고 일어났다.

권 서장은 가슴이 내려앉았다.

"요 염상구가 옛날 염상구가 아니란 걸 알어야 쓸 것이여. 돈도 주먹도 다 내 것이고, 벌교 바닥이 다 내 것이다 그것이여."

염상구가 거칠 것 없이 소리치며 사무실을 가로질렀다.

권 서장은 손으로 이마를 짚었다. 그의 말마따나 완력에다 재력까지 갖추었으니 그는 예사 골칫덩이가 아니었다. 그리고 염상구의 말이 억지는 아니었다. 청년단이 줄곧 정치적으로 이용된 것은 사실이고, 자기 부하들을 위험으로 몰아넣지 않으려는 것은 의리 있는 행동이기도 했다. 그러나 토벌대의 인원 보충은 피할 수 없는 문제였다.

화가 치솟은 염상구는 바람을 일으키며 역전 쪽으로 걸어가고 있었다. 하! 대가리를 팍 조사 버릴 놈, 어따 대고 법이여, 법이. 우리 아그들 손만 대 봐라. 니놈을 벌교 바닥서 깨끗이 몰아내고 말 것잉께. 니놈이 개지랄 치면 빨갱이 되는 수가 있다는 것을 알어야 쓸 것이여. 염상구는 뽀드득 이빨을 갈았다.

염상구가 다방으로 들어서자 아가씨와 노닥거리던 한 사내가 후닥닥 몸을 일으켰다.

"단장님, 아니 사장님, 오셨는게라?"

염상구가 자리에 앉자 사내가 맞은편 의자에 엉덩이를 붙였다.

"조합장님이 사장님을 찾았어요. 급하다고 오시면 바로 전화 달라고 하던데요."

아가씨가 커피 잔을 탁자에 놓으며 말했다.

"내빌라 둬라. 지가 급허제 내가 급헌 게 아닝께로."

염상구가 커피 잔을 천천히 들었다.

"사장님이 전화 안 하시면 제가 곤란해지잖아요. 그분도 손님인데. 제가 전화 연결할 테니까 통화 좀 하세요."

아가씨가 아양을 떨며 말했다.

"하 그려, 니를 봐서 전화허자."

염상구는 큰 선심을 쓰듯 했다.

잠시 후, 아가씨가 전화통 앞에서 손을 까불었다. 염상구가 느리게 일어났다.

"아아, 염 사장인데 무슨 일이오."

"내가 급히 논을 처분해야 되게 생겼어요. 그래서 염 사장님 도장이 필요해서요."

전화 속에서 울리는 유주상의 목소리였다.

"당신 논을 파는디 어째 내 도장이 있어야 허요?"

염상구의 목소리는 태평스러웠다.

"아하, 염 사장님이 잊고 계시는구먼. 거 재작년에 농지개혁 피허자고 내 논 명의를 염 사장님 앞으로 바꿔 놓지 않았습니까. 그걸 팔아야 하니까 염 사장님 도장이 필요하지요."

"거 무슨 자다가 봉창 뚜들기는 소리요? 나는 통 모르는 일인디."

염상구는 태연스럽게 말했다.

"아니, 염 사장! 그게 무슨 소리요!"

유주상이 곧 숨이 넘어갈듯 소리쳤다.

"나는 고런 짓 헌 일 없응께 고런 넋 빠진 소리 씨불대지 마씨요. 전화 끊소."

"염 사장! 염 사장!"

염상구는 비식이 웃으며 전화를 끊어 버렸다. 그 논이 완전한 자기 소유가 된 것이었다. 언제든 이런 식으로 일을 끝장내려고

미리 작정해 둔 터였다. 염상구는 논의 소유권자로서 법적 하자
가 없었고, 유주상은 논을 빼돌리는 꾀를 부렸는데 염상구에게
서 소유권 포기 각서를 받지 않는 실수를 저질렀던 것이다.

15

공화국 만세, 인민 만세

전북도당 사령부가 있는 남덕유산에도 토벌대의 공세는 거세졌다. 대규모 군경 합동 토벌대는 과감하게 덕유산 깊숙이 밀어닥치고는 했다. 한차례 작전을 시작하면 사나흘씩 산등성이에서 야영을 하기도 했다. 전에 없던 작전에 빨치산은 궁지에 몰렸다. 상대방의 막강한 병력과 화력 앞에서 그들이 믿을 건 오로지 주력뿐이었다. 그들은 주력을 활용해 소조 투쟁으로 적을 교란시키고, 기습전을 시도하면서 골짜기를 타고 넘었다.

그런데 토벌대가 꼭 찍어 내기라도 한듯 사령부 비트를 공격해왔다. 또한 제2, 제3의 이동로나 예비 거점에 적의 매복이 쳐져 있기도 했다. 그것이 자수자나 포로들의 정보 누설 때문이란 사실이 곧 드러났다. 그러나 기존의 활동 요건을 바꾸기는 쉽지 않았다. 그건 화력과 병력의 열세에 겹친 또 하나의 장애였다.

사령부는 꼬박 하루를 토벌대에게 쫓기고 있었다. 수가 많은 토

벌대는 맘껏 화력을 퍼부었다. 그에 맞서 사령부 병력은 소조로 분산되어 포위를 예방하면서, 돌격대가 여기저기서 기습 반격을 해 적의 추격을 둔화시키고는 했다.

돌격대들은 이쪽 숲 속에서 불쑥 나타나 총을 갈기고는 금세 모습을 감추기도 했고, 저쪽 바위 뒤에서 불쑥 나타나 노래를 부르다가 어디론가 사라져 버리기도 했다. 그러면 토벌대의 화력이 그쪽으로 집중되면서 추격이 주춤해지고는 했다. 빨치산들은 마치 무슨 놀이라도 하는 것 같았고, 토벌대는 그들의 잽싼 주력을 따라잡을 수 없었다. 그 작전은 도당 위원장이면서 사령관인 방준표가 직접 지휘하고 있었다. 그는 몸을 사리지 않아서 간부들의 염려를 사기도 했지만, 전체 대원들의 사기를 높이는 데는 더없이 효과를 나타냈다.

"어디까지 이렇게 쫓기기만 하는 거예요?"

박난희가 이마의 땀을 훔치며 숨 가쁘게 말했다. 들고 있는 카빈총이 무거워 보였다.

"평양까지요."

손승호가 배낭을 추스르며 대꾸했다.

"웃지도 않으면서 농담이네요."

박난희는 폭 한숨을 쉬었다.

"그럴 날이 올 것을 믿읍시다."

"당원답네요."

박난희가 머리카락을 귀 뒤로 넘기며 웃었다.

뒤따라오는 토벌대의 총소리와 수류탄 터지는 소리가 산을 흔들었다.

　　원수와 더불어 싸워서 죽은
　　우리의 죽음을 슬퍼 말아라

　왼쪽에서 목청 높여 부르는 돌격대의 〈인민항쟁가〉였다. 바위에
올라서서 총을 흔들며 노래를 부르는 그 두려움 없는 모습을 멀
찍이 바라보며 손승호는 낮은 소리로 노래를 따라 불렀다.

　　태백산맥에 눈 날린다
　　총을 메어라 출진이다

　오른쪽에서 들려오는 〈빨치산의 노래〉였다. 그쪽에 수류탄 서
너 개가 터졌다. 그러나 돌격대가 있는 곳까지는 어림없이 멀었다.
토벌대는 공격이 아닌 화풀이를 하고 있었다.
　"손 동무, 출발이에요."
　박난희의 말에 손승호는 총을 잡았다. 정말 이렇게 어디까지 가
려나, 하는 생각이 들었다. 그러나 다 알아서 하겠지, 하고 생각했
다. 위원장이 아무 계획 없이 무작정 쫓길 리 없었다.
　손승호는 예기치 않게 당원이 되었다.

"손 형, 당원이 되면 어때요?"

어느 날 박두병이 넌지시 말을 꺼냈다.

"제가 자격이 있을는지요."

손승호는 이 말을 예의를 갖추려고 한 것만은 아니었다. 한때 흔들렸던 것이 자격지심으로 남아 있었다. 그러나 한편으로는 당원이 되고자 하는 욕구도 도사리고 있었다.

"손 형의 경력과 능력이라면 모자람이 없지요. 마음의 준비가 돼 있다면 제가 추천하지요."

박두병의 적극적인 말이 마음의 부담을 덜어 주었다.

"그래 주시면 더없는 영광이겠습니다만……."

"알겠습니다. 남은 추천인 한 명도 제가 찾을 테니 손 형은 자서전을 준비하시지요."

"거리가 좀 멀기는 하지만, 솥뚜껑 동무의 추천을 받았으면 하는데요."

"아, 그 영웅적으로 투쟁하고 있는 회문산 쪽 중대장 동무 말이군요. 그거 좋은 생각입니다."

그래서 손승호는 그동안 중대장으로 직위가 바뀐 솥뚜껑의 추천을 받게 되었다.

솥뚜껑은 자기를 추천인으로 삼아 줘 영광스럽다는 편지를 보내왔다.

손승호는 자서전을 쓰면서 자신이 사상적으로 방황한 대목에 이르러 괴로움을 겪어야 했다. 그 사실을 써야 할까 말아야 할까. 그대로 쓰자니 흠집이고, 어물거려 건너뛰자니 시간의 공백이 생기고, 미온적으로 활동했다고 적자니 거짓말이었다. 자서전은 거짓이 없어야 했다. 원칙대로 쓰려는 마음과 적당히 얼버무리려는 마음과, 아예 흠집을 남기지 않으려고 조작을 하려는 마음, 그 세 가지가 뒤엉켜 씨름을 벌였다. 손승호는 연필을 멈추고 꼬박 하루를 씨름판의 심판을 보아야 했다. 결국 그는 승부를 가렸다. 첫 번째 마음의 승리였다. 그 대목 때문에 당원이 못 된다면 그건 당연한 일이라고 생각했다.

"그 대목을 꾸미지 않은 것이 손 동무의 당성이 얼마나 견고한지 보여 준 것 아닙니까."

입당이 결정된 다음 박두병이 한 말이었다.

마침내 사령부 병력이 발길을 멈추었다. 그곳에는 다른 지구의 병력이 대기하고 있었다. 그때서야 대원들은 지금까지 쫓긴 것이 유인작전이었음을 알았다. 한바탕 싸움을 벌이기 위해 사령부와 지구 병력은 신속하게 전열을 갖추었다.

밀고 밀리는 치열한 싸움이 두 시간 넘게 이어졌다. 양쪽의 피해도 속출했다.

"손승호 동무 어딨소, 손승호 동무!"

총을 든 사내가 뛰면서 소리치고 있었다.

"나요, 여깄소!"

손승호가 손을 들어 보였다. 그 사내가 헐레벌떡 뛰어왔다.

"손승호 동무, 갑시다, 싸게."

사내는 다짜고짜 손승호의 소매를 잡아끌었다.

"대체 무슨 일이오?"

손승호는 아무것도 짚이는 것이 없는 채 팔을 뒤로 끌어당겼다.

"이, 솥뚜껑 동무 아시제라?"

"예, 무슨 일 생겼소?"

불길한 충격에 부딪치며 손승호의 입에서 나온 소리였다. 그때서야 솥뚜껑의 부대가 합세했다는 것도 알았다.

"큰 탈 나 뿌렀소."

사내의 얼굴이 일그러졌다.

"어디를 다쳤소?"

손승호의 목소리가 뜨거웠다.

"수류탄 맞어 뿌렀소."

"뭐라구요!"

손승호는 땅이 기우뚱할 정도로 현기증이 일어 걸음을 주춤 멈춰 서듯 했다. 총이라면 모르지만 수류탄을 맞고 살아날 가망은 거의 없었다.

"얼마나 다쳤소?"

손승호가 사내보다 걸음을 빨리하며 물었다.

"가망이 없소. ……배가 터졌응께."

손승호는 목이 꽉 막혀 왔다. 믿을 수 없었다. 그리도 몸이 날쌔고, 육감이 빠른 사람이 수류탄을 맞다니…….

"대체…… 어쩌다가 그리 됐소?"

"어떤 얼빙이가 쌩사람 잡은 것이제라." 사내는 한숨을 푹 쉬고는 "수류탄이 옆에 떨어진 줄 모르고 총질허는 동무를 구헐라다가 벼락을 맞았제라. 그 동무 구하고 중대장 동무가 당혔으니, 기가 차구만요." 하며 목이 메었다.

복부가 터져 창자가 흘러나온 솥뚜껑은 대원들에게 둘러싸여 있었다. 거친 얼굴에는 이미 핏기라고는 없었다.

"솥뚜껑 동무! 나 손승호요."

손승호는 솥뚜껑의 손을 두 손으로 감싸 잡으며 울음을 토하듯 했다.

"소, 손 동무, 오셨구만이라. 눈감기 전에 보고 싶어서……. 요리 손 동무를 보고 죽응께…… 원이 없소. 손 동무 은혜…… 안 잊을 것이요. 요 만년필, 인제 내가 손 동무 주고 싶소."

희미하게 웃는 솥뚜껑의 손에 만년필이 꼭 쥐어져 있었다.

"솥뚜껑 동무……."

손승호는 허리를 굽히며 감싸 잡은 솥뚜껑의 손을 자기의 이마
에 댔다.

"동무들, 동무들하고 같이…… 해방을 꼭 보고 싶었는디……"

솥뚜껑의 목소리가 약간 커졌다. 손승호는 허리를 펴고 솥뚜껑

을 내려다보았다.

"……내가 만세나 부르면서 갈랑께…… 동무들도 따라 허면 좋겠소."

둘러선 대원들이 모두 고개를 끄덕였다. 솥뚜껑의 얼굴에 웃음이 피어났다. 그리고 눈을 부릅뜨며 소리쳤다.

"공화국 만세에!"

—공화국 만세에!

모두가 어두워 가는 속에서 합창했다.

"인민 만세에!"

—인민 만세에!

"공화국 만세에!"

―공화국 만세에!

"인민 만세에!"

―인민 만세에!

세 번이 넘어가면서 손승호는 자기도 모르게 그것을 세고 있었다.

"공화국 만세에!"

―공화국 만세에!

"인민 만세에!"

―인민 만세에!

여덟 번째에 이르러 목소리에서 기운이 빠지면서 소리도 낮아졌다.

"공화국 만세에……."

―공화국 만세에!

"인민 만세에……."

―인민 만세에!

열두 번째가 되어 목소리는 더욱 맥을 잃었다. 그러나 대원들의 합창은 갈수록 커졌다.

"공화국 만세……."

―공화국 만세에!

"인민 마……."

—인민 만세에!

그의 목소리가 더욱 잦아들면서 뒷소리는 나오지 않고 입술만 움직였다. 대원들은 목메는 소리로 줄기차게 합창하고 있었다.

"인민 마……."

—인민 만세에!

"공화……."

—공화국 만세에!

열일곱 번째 외침이 끝났다. 솥뚜껑의 입에서 더는 아무 소리도 나오지 않았다.

그의 넋을 실어 가듯 어둠 속에서 산바람이 불어왔고, 먼 하늘에는 별들이 돋아나고 있었다.

16

장마와 함께 온 휴전회담 소식

논보리에 이어 밭보리를 베기도 바쁘고 타작하기도 바빴다. 공격을 받으면서도 해방구를 튼튼하게 지키고 있는 백아산 지구에서는 대원들이 교대로 농사일을 거들었다. 2월부터 시작된 굶주림에서 벗어나게 되어 농민이나 대원들이나 일손에 신명이 붙어 있었다.

조계산 지구 대원들도 농사일에 나섰다. 대원들에게는 농사일을 거드는 것도 인민을 위한 투쟁의 하나였다. 당의 입장에서는 인민에 대한 봉사는 곧 인민의 지지 확보였으며, 또한 2할 5부의 세금을 징수하는 데 떳떳할 수 있는 일이었다. 해방구 농민들 입장에서는 아무 도움을 받지 못해도 세금을 내야 하는 판에 도움을 받아 가며 세금을 내는 것이니 그보다 좋은 일이 없었다.

천점바구 중대가 보리 베기에 나섰다.

"와따, 곡식 냄새 맡은 지가 얼마다냐. 회가 다 동허네."

한 대원이 밭으로 들어서며 코를 벌름거렸다.

"식은 보리밥에 된장 척 발라 상추쌈 싸 갖고 볼 터지게 밀어 넣을 날이 와 뿌렀구마."

다른 대원이 맞장구를 쳤다.

"어허, 상추쌈 먹을 줄 모르는구만. 상추쌈에 독 오른 풋고추가 빠지면 무슨 맛이여."

또 다른 대원이 말을 거들었다.

"하먼, 식은 보리밥 찬물에 말아 독 오른 풋고추를 된장에 찍어 먹는 맛도 기막히지 않드라고?"

처음의 대원이 쩝쩝 입맛을 다셨다.

"이, 감나무 그늘 평상에 고봉밥 한 사발 먹고 낮잠 한숨 자면 신선이 따로 있간디?"

세 번째 대원이 기분을 돋우었다.

"아이고메, 먹는 타령만 허다가 해가 서산으로 뿡빠져 버리겄소. 남정네들이 시답잖기는."

외서댁이 눈을 흘기며 밭으로 들어섰다.

"와따, 외서댁 동무는 쉬씨요. 우리가 다 알어서 헐 팅께."

두 번째 대원이 혀를 찼다.

"내가 여자요? 빨치산이제. 빨치산에는 남녀 차등 없응께 고런 말 마씨요."

외서댁이 야무지게 공박했다. 세 남자가 서로를 보며 계면쩍은 웃음을 흘렸다.

"동무들 말대로 요런 때나 좀 쉬씨요. 낫 요리 주씨요."

천점바구가 외서댁 옆으로 다가서며 손을 내밀었다.

"참말로, 나를 꼭 여자로 대접헐라는갑네? 대접허겠다면 받어 야 되겠제라."

외서댁은 못 이기는 척 천점바구에게 낫을 넘겨주고 개울 쪽으로 발을 옮겼다. 개울가에는 한 여자가 쪼그리고 앉아 손을 놀리고 있었다.

"혜자 동무, 뭐 허요?"

외서댁이 다가가며 물었다.

"어서 오세요. 그냥 심심해서……."

김혜자가 외서댁을 올려다보며 웃었다.

"이, 꽃반지 맹글고 있었구마!"

외서댁이 김혜자 옆에 앉았다. 김혜자는 토끼풀 꽃을 들고 있었다.

"이런 짓 맘에 안 들지요? 지식계급의 비생산적 감상 취미라서."

김혜자가 자기 손에 들린 꽃과 외서댁을 번갈아 보며 어색하게 웃었다.

"꽃반지 맹그는 것이야 지 맘이지, 고것이 어째 뜬금없는 지식계급 비판이라요? 지식계급 출신의 반인민성 청산, 자유주의 배격 같은 말을 자꾸 듣다 봉께 혜자 동무가 과허게 생각허는갑소."

외서댁이 토끼풀 꽃을 뜯으며 예사롭게 말했다.

그럴지도 몰랐다. 지식계급 곧 착취계급이라는 등식은 거의 모든 지식계급들에게 맞는 것이고, 경제적으로 여유 있게 생활한 그들의 생각에 한계가 있다는 것도 부인할 수 없었다. 당은 그 잔재를 하루빨리 청산하라고 촉구했다. 그것은 지식인 출신, 특히 학생들에게 열등감과 부담감으로 작용했다. 학생들이 그런 계급적 결함으로 지적을 당하는 것이 두 경우였다. 날마다 받는 학습에서 잘 조는 것과, 행군 중에 주력이 약해 낙오의 위험을 안고 있는 것이었다. 그 두 가지는 묘하게 연관돼 있었다. 노동 대신 공부를 해 왔으니 주력이 약했고, 약한 주력을 기르려다 보니 힘이 들어 이미 다 알고 있는 학습을 할 때는 졸게 되는 식이었다. 농민이나 기본출들은 그와는 반대로, 노동을 해 왔으니까 주력이 강했고, 그래서 피곤이 덜한 데다 학습에서 배우는 것이 다 새롭고 유익해서 졸음이 오지 않았다. 눈 똑바로 뜨고 열성으로 학습을 받는 농민과 기본출들 옆에서 지식계급들은 꾸벅꾸벅 졸기 일쑤였다.

"자, 꽃시계 혜자 동무 차드라고."

외서댁이 꽃묶음을 내밀었다. 보통 것처럼 두 송이로 된 꽃시계
가 아니었다. 줄기는 분명 두 개뿐인데 꽃은 여러 송이였다.

"아니, 어떻게 만들었어요? 솜씨가 너무나 좋네요."

김혜자는 꽃시계를 받으며 놀라워했다.

"솜씨는 무슨. 꽃이 달랑 두 개면 시계 같지 않은께 그리 맹근

것이제.”

외서댁이 스산하게 웃었다.

“이 솜씨 보니까 처녀 적에 많이 만들어 본 모양이네요.”

“가난허게 살아도 여름이면 손톱에 봉숭아 물 들이고, 겨울이
면 베갯모에 수놓고……. 다 지난 꿈이제…….”

외서댁은 저 멀리 어딘가로 망연한 눈길을 보냈다. 김혜자는 꽃시계를 만지작거리며, 태어날 때부터 억센 빨치산이었을 것만 같은 외서댁에게도 그런 날들이 있었다는 게 새삼스러웠다.

천점바구네 부대가 보리를 베는 동안 옆 동네 강동기네 부대에서는 큰 말썽이 벌어지고 있었다.

"야이 개새끼야, 느그들이 월급 받아먹으면서 혁명 사업 헐 적에 우리는 쫄쫄 굶고 동상으로 발가락 떨어져 나가면서 투쟁했다! 그런디 뭐가 어쩌? 니놈을 당장 팍 쏴 죽이고 말 것이여!"

강동기가 고래고래 소리 지르며 한 사내의 배에 총을 들이대고 있었고, 그 사내는 부들부들 떨고 있었다.

"주, 중대장 동무, 내레 잘못했이요. 그 발언 취소하갔으니, 지, 진정하시라요."

얼굴이 하얗게 질린 사내는 떨리는 입술로 간신히 말했다.

"취소? 니놈 맘보가 애시당초 글러 먹었는디 취소헌다고 될 성불러! 니놈은 내 손에 뒈져야 써!"

강동기가 불똥 튀는 눈으로 총을 추슬렀다.

"아이고 동무, 보시라요……."

사내가 뒤로 주춤 물러섰다.

"어이 동기, 동기! 쪼깐 참어!"

비탈을 구르듯 무섭게 빨리 내달아 오는 키 작은 사내가 있었다. 하대치였다. 급한 김에 그의 입에서 터져 나온 소리는 '강 동무'가 아니라 '동기'였다.

"자네, 요것이 뭐 허는 짓거리여!"

하대치가 숨을 헐떡거리며 강동기의 총을 잡아챘다.

"냅두씨요, 저놈 죽이고 나도 죽을라요!"

강동기가 뿌드득 이빨을 갈아붙였고, 앞의 사내는 무너지듯 그 자리에 주저앉았다.

"강 동무, 정신 차려! 부하들 앞에서 중대장끼리 요것이 무슨 짓거리여."

하대치가 강동기의 어깻죽지를 퍽퍽 쳤다. 그동안 어쩔 줄 몰라 얼어붙어 있던 부하들이 비로소 안도의 숨을 내쉬었다. 강동기가 문화부 중대장에게 총을 들이대는 순간 부하 하나가 하대치에게 달려간 것이었다.

군사 일꾼인 중대장이 정치일꾼인 문화부 중대장에게 총을 들이댄 것은 중대한 문제였다. 결기가 세긴 해도 경솔한 데가 없는 강동기가 그렇게 하기까지는 무슨 이유가 있겠지만, 군사 일꾼이 정치일꾼에게 그런 막가는 짓을 했다는 것이 하대치의 신경을 자극했다. 더구나 문화부 중대장은 이북 출신이었다.

강동기 중대도 보리 베기 조를 짜고 있었다. 그런데 문화부 중대장 한상근이 말했다.

"그런 일은 남선 동무들이 다 맡아서 하라요."

"허면, 북선 동무들은 밥 안 먹고 살라요?"

강동기는 농담인 줄 알고 이렇게 말을 받았다.

"그케 말하디 말라요. 그따위 일까지 하자고 인민군 전사들이 예까지 와서 고생하는 기 아니니끼니."

강동기는 그때서야 농담이 아닌 줄 알고 속이 꿈틀 꼬였다. 그러나 꾹 눌렀다.

"허면, 뭐허러 왔습디여?"

강동기는 억지웃음을 지었다.

"몰라서 묻는 기요! 남선 동무들이래 해방군을 해방군으로 대접할 줄 알아야디, 이따위 일까지 하라니, 해방군을 뭘로 아는 기요, 이거!"

"야이 개새끼야!⋯⋯."

오랫동안 참아 온 감정이 폭발한 강동기는 순식간에 총을 낚아 잡고 한상근에게 치달았던 것이다.

"요 일은 그냥 덮을 문제가 아닌 것 같소. 본 눈이 많은 데다, 말썽 일어난 문제가 당에서 금허는 중대헌 것이고, 거기다가 총까지 들이댔으니 천상 상부에 보고를 혀야겠소."

사태를 파악하고 나서 하대치가 한 말이었다. 두 사람은 고개를 숙인 채 말이 없었다.

하대치는 문제의 심각성을 정확하게 짚어 냈다. 먼저 이북 출신과 이남 출신 사이의 갈등은 인공이 시작되면서 생겨났고, 당에서는 그 바람직하지 못한 문제를 뿌리 뽑기 위해 노력해 왔다. 인민군의 또 다른 이름은 해방군이고, 전시하의 당과 행정조직을 원활하게 운용하기 위해 많은 요원이 북쪽에서 파견되었다. 남쪽에서는 오랜 지하투쟁을 하면서 많은 사람이 희생되어 당 조직을 이끌 일꾼과 행정을 맡을 일꾼이 모자랐다. 그런 필요에 따라 북쪽에서 파견된 요원들은 자연스럽게 당과 행정조직의 중간 간부들이 될 수밖에 없었다. 그러다 보니 좋은 자리는 거의 이북 사람들이 차지한 꼴이 되었고, 이남 사람들은 상대적 소외감이나 반발을 느끼게 되었다. 게다가 북쪽에서 파견된 요원들 중에는 더러 당의 지시에 어긋나게 '남조선을 해방시켜 주었다.'는 우월감을 나타내는 사람들도 있었다. 그런데 전세가 역전되면서 그 요원들도 북쪽으로 돌아가지 못하고 입산하게 되었다. 입산을 하면서 그런 갈등은 크게 줄었지만 말끔하게 가신 것은 아니었다. 당에서는 학습을 통해 그런 감정을 없애자고 강조했지만 생활 속에서 그런 감정이 미묘하게 부딪치고는 했다.

그다음으로 하대치가 짚은 것이 중간 간부가 부하들 앞에서 총을 들이댔다는 점이었다.

첫 번째 문제는 한상근의 잘못이고, 두 번째 문제는 강동기의 잘못이었다. 잘못은 명백했지만 그 일의 중대성 때문에 하대치는 상부 보고를 할 수밖에 없었다. 그러면서도 하대치는 사태가 그렇게 끝난 것을 큰 다행으로 여겼다. 강동기가 삽으로 지주의 등을 찍어 버린 것처럼 방아쇠를 당겨 버렸다면 어찌 되었을지 생각만 해도 가슴이 얼어붙는 일이었다. 손가락 하나 까딱 잘못해서 소중한 두 일꾼을 없앨 뻔한 일이었다.

하대치는 지체하지 않고 지구 사령부에 사건 보고를 했다.

"그런 일이 벌어지다니, 내일 오후에 회의를 열도록 하지요."

지구 정치위원 안창민은 몇 번이고 고개를 저었다.

다음 날 오후에 지구 당무자 회의가 열렸다. 거기에 뜻밖에도 염상진까지 참석해 있었다. 그는 총사 기동대를 이끌고 유치 지구에서 백아산 지구로 이동하는 도중에 조계산 지구를 지나던 참이었다.

한상근과 강동기가 차례로 사실 증언을 했고, 하대치는 연대장으로서 사건의 현장 보고를 했다. 이어서 간부들의 의견이 개진되었다.

"이 사건은 두 사람 모두 과오를 범한 중대 사건입니다. 제 의견을 말하기에 앞서 마침 총사 부사령 동지가 계시니 그 의견부터 들어, 본 사건에 대한 판단의 기초를 삼았으면 합니다."

지구 사령관이 발언권을 염상진에게 넘겼다.

"우선 이런 사건이 중간 간부 사이에서 발생했다는 사실이 몹시 유감스럽습니다. 우리는 미제를 축출하고 그 앞잡이 반민족 세력을 척결하여 진정한 민족 해방을 성취하고, 인민의 나라를 건설하기 위해 투쟁하고 있습니다. 이 엄연한 사실 앞에서 입산 투쟁을 하고 있는 우리는 돌덩이처럼 뭉쳐 투쟁력을 키워야 함은 더 말할 필요조차 없습니다. 그럼에도 중간 간부들이 이런 사건을 일으켰다는 것은 도저히 용납할 수 없는 일입니다. 미제의 포악과 반민족 세력의 발악이 날로 극심해지고 있는 이 시점에 남선은 무엇이며, 북선은 무엇입니까! 하나로 똘똘 뭉쳐도 힘이 모자라는 때에 어찌 그런 파당적이고 종파적인 언행을 자행하여 투쟁력을 떨어뜨릴 수 있습니까. 또한 그런 반당적 행위에 대해 상대자는 동지애를 앞세워 그 오류를 지적하는 이성적인 방법을 택했어야 합니다. 그런데 비이성적으로 동지에게 총을 겨누었습니다. 그 행위 또한 정당화될 수 없습니다. 따라서 두 동무의 행위는 각각 따로 심사해야 하리라고 생각하는 바이올시다."

염상진의 비판에 이어 다른 사람들이 차례로 찬동 발언을 짤막하게 했다. 그리고 처벌에 대한 숙의로 들어갔다.

"본 당무 회의는 한상근 정치지도원에게 '엄중 경고', 강동기 중대장에게 '경고' 처분을 결정합니다. 아울러 두 동무는 연대원 앞에서 자기비판을 할 것이며, 인사 조처는 추후에 통고될 것이오."

빨치산의 처벌은 주의·견책·경고·엄중 경고·출당이 있었다. 주의·견책까지는 반성을 전제로 행해지는 훈계 정도였다. 그러나 경고나 엄중 경고는 출당을 전제로 한 '경고'였고, 비슷한 과오를 다시 저지를 경우 출당을 면할 수 없는 엄벌이었다. 출당은 당원에게 가해지는 마지막 선고였다. 당은 당원을 어떠한 경우에도 처단하지 않았다. 일단 출당 처분을 내려 당적을 박탈한 다음에 처단했다. 그러니까 출당 처분은 바로 '사형선고'였다.

이틀 뒤에 문화부 중대장의 자리바꿈이 있었다.

"강 동지, 미안하게 됐이요. 잘 있으라요."

한상근이 웃으며 손을 내밀었다.

"한 동지, 내가 미안스럽소. 아무 데서나 몸 성허씨요이."

강동기가 웃으며 한상근의 손을 맞잡았다.

"이, 더 힘쓰씨요, 더! 쪼깐만 더, 쪼깐 더!"

들몰댁의 외침에 따라 땀범벅인 소화의 몸이 비틀려 돌아갔다.

"힘 놓지 마씨요! 이, 쪼깐, 쪼깐 더!"

들몰댁의 얼굴에서도 소화의 얼굴에서도 땀이 줄줄 흘렀다.

소화가 팔을 뻗었다. 정하섭의 손이 잡힐 듯 잡힐 듯했다. 정하섭도 손을 뻗어 잡으려 하는데, 잡힐 듯 잡힐 듯 잡히지 않았다. 정하섭이 뭐라고 소리치는 순간 손이 덥석 잡혔다.

소화의 뒤틀리던 몸이 푹 꺼졌다.

"위메, 꼬치요, 꼬치!"

들몰댁이 터뜨린 탄성이었다.

"으아앙!"

아기가 손발을 꼼지락거리며 울음을 터뜨렸고, 소화의 두 눈에서는 눈물이 흘러내렸다.

"아그가 나왔는갑는디, 뭐요?"

문밖에서 들리는 남자 목소리였다.

"꼬치요, 꼬치!"

들뜬 목소리로 보아 들몰댁은 이곳이 감옥임을 잠시 잊고 있는 것 같았다.

"허! 경사 났소이."

밖에서 들려온 말이었다.

들몰댁은 아기를 포대기에 감싸면서 비로소 여기가 감옥이라는 것을 돌이켰다.

형무소에서는 소화가 몸을 풀 방을 따로 장만해 주고, 들몰댁이 아이를 받게 해 주었다. 하지만 아이는 만 하루를 넘기지 않고 밖으로 내보내야 했다. 소화는 한 달 전에 조무에게 아이를 맡기도록 결정해 놓았다. 어머니 때부터 지켜 온 굿터를 넘겨준다는 조건이었다. 조무는 황감해하면서 아이를 맡기로 했다. 소화는 어차피 더는 무당을 하지 않기로 작정한 터였다.

소화는 아이를 품고 하룻밤을 잤다. 아니, 아이를 품고 내려다

보며 하룻밤을 지새웠다.

　당신 아이를 낳았습니다. 이것이 당치 않은 욕심이라도 이제 어쩔 수 없습니다. 감옥에서 아이를 낳고, 남의 손에 아이를 맡겨야 하는 것이 가슴 아픕니다. 감옥 생활이 4년 9개월 남았습니다. 그러나 지루해하지 않겠습니다. 당신은 저의 눈을 띄워 새 세상을 열어 주었고, 당신은 그 세상을 위해 어디선가 고생하고 계십니다. 저도 함께 고생하렵니다. 어디에 계시든 무사하십시오. 수국꽃같이 웃을 그날이 올 것을 굳게 믿습니다…….

　소화의 눈에 그렁거리던 눈물이 기어이 넘쳐 주르륵 흘렀다.

　6월 하순이 되자 어김없이 장마가 시작되었다. 먹장구름이 두껍게 낀 하늘은 장대비를 쏟아붓다가, 실비를 질금거리다가 하면서 몇 날 며칠 걷힐 줄 몰랐다. 장대비가 쏟아질 때면 산이란 산은 모두 비안개에 파묻혀 버렸다. 백아산 지구의 빨치산들은 해방구를 뒤에 두고 장마 진 산속에서 며칠째 싸움을 펼치고 있었다. 옷은 마를 새 없이 젖었고, 거친 손은 물에 팅팅 불어 허여멀쑥했으며, 몸에서는 쉰내가 푹푹 풍겼다. 그들은 하루에 한 끼 먹기도 어려웠다. 양식이 없어서가 아니라 적의 공격에 맞서느라 밥할 여유가 없었다. 적의 공격은 그 정도로 치열했다. '공화국 시간'이 통하던 때는 이미 옛날이었다.

토벌대는 화순·무등산·곡성, 세 방향에서 공격해 왔다. 백아산 지구를 반원으로 둘러싼 전면 공격이었다. 해방구를 완전히 파괴하려는 것이었다. 이에 따라 당에서는 해방구 사수를 위한 투쟁을 지령했고, 총사의 병력까지 투입되었다.

조원제 중대는 비가 쏟아지는 어둠 속에서 쫓기고 있었다. 닷새에 걸친 치열한 방어전은 실패하고 말았다. 백아산의 주봉 마당바위를 빼앗기고 만 것이다. 결국 백아산 지구의 해방구는 반쪽이 되어 버렸다. 해방구의 전후좌우를 두루 내다볼 수 있는 마당바위마저 빼앗겼으니 나머지 지구도 적에게 완전히 노출될 수밖에 없었다. 게다가 전사 여덟에 부상 넷으로, 3분의 1의 병력을 잃었다. '강철 부대'인 이태식의 연대도 피해만 입은 채 밀리고 말았다. 대규모의 병력으로 전면 공격을 감행하는 적을 1개 연대의 용맹성만으로는 막을 도리가 없었다.

이번 전투는 부하들을 끔찍하게 아끼는 연대장 이태식을 많이 울렸다. 조원제는 이태식이 숨이 끊어져 가는 부하를 붙들고 소리 없이 우는 모습을 많이 목격했다. 들먹이는 그의 어깨를 바라보다가 고개를 돌려야 했던 조원제의 가슴에서도 피눈물이 흐르고는 했다. 부하들을 그렇게 많이 잃어 본 적이 없는 이태식의 심정이 어떨지는 더 말할 것이 없었다. "동무들, 역사 발전이니 뭐니 하는 어려운 말 접어 두고 우리가 요 고생을 허는 것은, 니나 나

나 차등 없이 서로가 서로를 사람대접허면서 사는 세상을 맹글
자는 것이여. 고런 세상이 곧 올 것잉께 고생들 참아 내드라고잉.”
이태식은 이렇게 말하며 쌀이 많은 든 자기 밥을 들고 와 보리투
성이인 부하들의 밥솥에 뒤섞고는 했다.

　조원제는 그저께 죽어 간 박상춘을 잊을 수 없었다. 그는 옆구
리를 관통당하고도 웃으면서 죽어 갔다.

　“중대장 동무, 내가 요렇게 죽을라고 안 혔는디요.”

박상춘은 쏟아지는 비로 눈을 제대로 뜨지 못하며 힘들게 말했다. 조원제는 손바닥으로 그의 눈에 떨어지는 비를 가리려 했다.

"동무, 힘내씨요. 동무는 안 죽소."

조원제는 가망이 없는 것을 알면서도 그렇게 말할 수밖에 없었다.

"해방이 되면…… 중대장 동무맹키로 공부를 많이 허고 싶었는디요."

"……."

조원제는 대꾸할 말이 없었다. 빈농 출신인 그의 소박한 소원이 가슴을 찔렀다. 해방이 되면 누구나 공부를 무료로 할 수 있게 된다는 학습이 그에게 그런 꿈을 갖게 한 것일 터였다.

"죽어도 아쉬운 것은 없구만이라. 입산혀서…… 평생 처음으로 사람대접 받고…… 허고 싶은 일 혔응께라……."

박상춘의 숨이 끊어졌다. 비를 맞고 있는 그의 얼굴이 잔잔하게 웃고 있었다. 그의 옆구리에서 솟은 새빨간 피가 빗물에 섞여 흘러내려 갔다. 조원제는 빗물에 섞여 흘러가는 긴 피 흐름을 지켜보고 있었다.

중대는 행군을 멈추고 노숙에 들어갔다. 며칠째 잠을 못 잔 몸들이었다.

조원제는 총을 배 위에 얹고 땅바닥에 누웠다. 비는 그칠 줄 모르고, 몸은 오래 물에 젖어 있었다. 그는 바지 주머니에서 광목

쪼가리를 꺼냈다. 그걸 반으로 접어 눈을 덮었다. 그러지 않고서는 쏟아지는 빗줄기가 눈두덩을 때려 아무리 고단해도 잠을 잘 수 없었다. 그래서 빨치산들은 손수건으로, 붕대로, 안대로 쓰는 그런 천 쪼가리를 다 가지고 다녔다.

눈을 덮었지만 잠이 오지 않았다. 개성에서 휴전회담이 시작되었다고 했다. 연대장에게 귓속말로 그 소식을 들었을 때 세상이 끝나 버리는 듯한 충격을 받았다. 그 충격은 지난 1월에 인민군이 다시 내려온다는 소식을 듣고 느꼈던 환희와 정반대의 것이었다. 그때 김일성대학으로 진학하라는 당의 분류를 받고, 입산 투쟁이 이렇게 싱겁게 끝나는가, 하기도 했다. 그런데 이 상태에서 휴전이 되면…… 그다음이 어떻게 될지 예측할 수가 없었다. 분명한 것은 민족 해방과 인민 해방의 길이 여기서 좌절될 수는 없다는 사실이었다. 그동안 죽어 간 수많은 사람들의 죽음을 헛되게 하지 않으려면 투쟁은 계속되어야 했다. 당이 건재한 이상 그것은 빨치산의 소명이었다. 빨치산은 당과 함께 존재하고, 당과 함께 소멸하는 당의 정치 군대였다. 그는 그 사실을 다시 새기며 가슴 한복판에 투쟁의 깃발로 세웠다. 양쪽 관자놀이께를 타고 물이 흘렀다. 그것은 빗물과 달랐다. 어둠은 먹물로 짙고, 비는 억세게 쏟아졌다.

17

값진 행동

"박 소령, 이거 축하를 해야 할지 말아야 할지 알 수가 없소. 승진했으니 분명 축하하긴 해야겠는데, 내 입장에서는 동업자를 잃는 것이니 축하할 수도 없다 그 말이요."

최익승이 목청을 높여 말했다.

"듣고 보니 그렇기도 하군요."

박 소령은 생선회에 젓가락을 뻗으며 최익승의 억지스런 너털웃음에 맞추어 허허거렸다.

"그동안 나하고 거래해 보니까 나라는 사람이 어떻소?"

최익승은 자신만만하게 물었다.

"뭐, 더 말할 것 있습니까. 아주 앗싸리하지요."

박 소령이 약간 비굴한 듯한 웃음을 지었다.

"그렇게 생각해 주니 고맙소. 사실 남자가 앗싸리한 것 빼면 뭐 있겠소. 정치가나 군인이나 그게 생명이지."

최익승은 자신을 자칭 '정치가'라 부르고 있었다.

"그야 당연하지요. 정치가도 군인도 남자다운 직업 아닙니까."

"맞소. 정치가가 권력으로 천하를 호령하는 것이나, 군인이 무력으로 천하를 평정하는 것이나, 다 남자로서 한바탕 해 볼 만한 일이요. 역시 우린 아주 잘 어울린 짝이었소."

최익승은 고개를 젖히며 헛웃음을 쳤다

"예, 모두 최 의원님이 의리를 잘 지켜 주신 덕분이죠."

"그럴 리 있소. 박 소령이 의리를 잘 지킨 덕이지요. 그 고마운 뜻으로, 이걸 받으시오."

최익승이 주머니에서 꺼낸 봉투를 내밀었다.

"아니, 이게 뭡니까?"

박 소령은 놀라는 시늉을 했다.

"얼마 안 되지만 영전 축하금이오."

"이렇게 송별연을 베풀어 주시는 것만도 고마운데 뭐 이런 것까지……."

말은 그렇게 하면서도 박 소령의 두 손은 벌써 봉투를 거머잡고 있었다.

"나도 머잖아 서울로 올라갈 테니, 한번 맺은 인연 앞으로도 계속 이어 갑시다."

"그러믄요, 오히려 제가 부탁드리고 싶은 말입니다."

박 소령은 봉투를 바지 뒷주머니에 밀어 넣었다.

"헌데 서울·부산 급행열차가 다시 운행을 시작한 걸 보면 정말 휴전이 되긴 될 모양 아니오?"

최익승은 급행열차가 다시 운행하면서 부산 바닥이 마치 전쟁이 끝났다는 듯 떠들썩해진 게 몹시 못마땅했다.

"휴전회담이 시작됐으니까 휴전이 된다고 봐야겠지요. 그때가 언제일지는 모르지만요."

박 소령이 심드렁하게 대꾸하고는 술잔을 들었다.

"이거 똥 싸고 밑 안 닦은 것처럼 이 상태에서 휴전이라니! 괴뢰군 놈들을 다시 압록강 두만강까지 밀어붙여 씨를 말려 버려야지 도로 삼팔선에서 휴전이라니, 말이 되는 소리요? 미국 사람들도 알고 보니 뒤가 형편없이 무른 종자들이오. 겨울이라 어쩔 수 없이 밀렸다면 날이 풀렸으니 다시 몰아붙여야지 이제 와서 휴전이 뭐요, 휴전이. 안 그렇소?"

최익승의 말은 열기에 부풀어 올랐다.

"미국으로선 인명 손실을 더 이상 내고 싶지 않을지도 모르지요."

"누가 미군을 죽이라고 했소. 우리나라 젊은 놈들 득시글득시 글한데, 물자만 대 주면 빨갱이 놈들 씨 말리기야 문제없지 않겠 소? 이대로 휴전이 되면 머리에 불화로 이고 앉아 있는 격이니 불 안해서 살겠소? 우리의 위대한 영도자 이승만 대통령 각하의 휴 전 결사반대, 북진 통일은 역시 옳은 말씀이오. 안 그렇소?"

"우리 사정은 분명 그런데, 북진 통일은 작년에 기회를 놓친 거 지요."

최익승의 열기에 비해 박 소령은 별로 흥미가 없는 눈치였다.

"맞소. 압록강까지 밀어붙였을 때 끝장을 봤어야 했소. 중공군 놈들이 압록강을 건너올 때, 히로시마에 던진 원자폭탄을 딱 한 방만 만주에 던졌으면 만사 오케이였다 그 말이오. 그때 맥아더 장군도 그런 생각을 하지 않았소. 그런데 미국은 그 간단한 일을 못하고 다 된 밥에 재 뿌려 버리지 않았소? 그래 놓고 휴전이라 니, 어쩌자는 건지 알 수가 없단 말이오."

"미국이 세계 3차 대전이 터질까 봐 원자폭탄을 못 썼다지 않 습니까. 소련과 중공을 건드리지 않은 거지요."

"그러니 트루만 대통령이 쫌팽이란 말이오. 중공이나 소련이 원 자폭탄을 못 만든다는데 3차 대전이 어떻게 일어난단 말이오."

"그런데도 트루만은 맥아더 장군 목을 쳐 버렸고, 휴전회담까 지 시작했으니 어쩔 도리가 없지요. 작전권이 미군 손에 넘어간

형편이니까요."

박 소령이 지루한 듯 눈을 껌벅였다.

"우리 호시절도 이젠 끝나는 모양이오. 낙동강에서 밀어붙이듯
또 한바탕 밀어붙이면 한밑천 두둑해질 텐데."

최익승은 아쉽다는 듯 입술을 훔쳤다.

서민영은 다리를 절룩거리며 장터거리를 기웃거리고 있었다. 멀
지 않은 곳에서 펑! 하는 소리가 들려왔다. 그의 고개가 그쪽으
로 돌아갔다.

"음, 저기로구먼."

서민영은 중얼거리며 걸음을 옮기는데, 두 아이가 커다란 자루
를 맞잡고 안에서 튀어나왔다. 쌀이며 옥수수가 튀겨진 고소한
냄새가 풍겼다. 문이 열려 있는 가게 안으로 들어서려다 서민영
은 주춤 멈춰 섰다. 안에서 훅 끼쳐 오는 열기에 숨이 막혔던 것
이다. 그건 그냥 더위가 아니라 불기운이었다. 좁은 가게 안에는
연기가 가득했고, 쇠 화로에서는 불길이 너울거리고 있었다. 땡볕
속에서 농사를 짓는 몸이지만 그런 훈김은 처음이었다. 땡볕의
뜨거움에는 그래도 초록빛 싱그러움이 실려 있었다. 그런데 가게
안에서 끼쳐 오는 훈김에는 뜨거움과 메마름뿐이었다. 그 속에서
계속 불질을 하는 사람은 얼마나 고달플지 실감이 났다.

"실례합니다, 혹시 이근술 씨 계십니까?"

서민영은 가게 안으로 들어서며 예의를 갖추었다.

"지가 긴디요, 누구시당가요?"

기계를 돌리던 이근술이 목을 길게 뺐다. 땀이 맥질된 그의 긴 얼굴에는 검댕이까지 묻어 너저분해 보였다.

"저는 서민영이라고 하는데, 의논할 일이 있어서 찾어왔습니다."

"누구시라고라? 민자 영자 선생님이 어쩐 일이시당게라?"

이근술은 불화로를 잘못 잡기라도 한 듯이 몸을 벌떡 일으켰다. 그는 '대꼬챙이'니 '탱자 가시'니 하는 별명이 붙어 있는 서민영을 알고 있었다.

"여기가 바로 가마솥 속인디, 앉을 자리도 마땅찮고 어째야 쓸께라."

이근술은 팔뚝으로 이마의 땀을 문지르며 허둥거렸다.

"불 앞에서 일하는 사람도 있는데 내 걱정 마시오. 일하는 데 방해되지나 않는지 모르겠소."

서민영이 이근술의 얼굴을 보며 말했다.

"아자씨, 내 튀밥 다 버리겠소!"

계집아이의 목소리가 쩽 울렸다. 한편에 쪼그리고 앉은 계집아이가 입을 쑥 내밀었다.

"잉, 아니여, 버리기는."

이근술은 당황해서 이렇게 대꾸하고는 얼른 서민영을 보았다.

"어서 일하시오. 난 옆에 앉아 용건을 말할 것이니."

서민영은 장작 위에 걸터앉았다.

"아니구만요. 여기는 징허게 더운께 바깥에 나가셔서 쪼깐만 기다려 주시제라. 이 속에 든 쌀이 불기를 쐬 뿌러서 어쩔 방도가 없구만이라."

이근술은 엉거주춤 허리를 굽힌 채 난색이 되었다.

"내 걱정 마시오. 이만한 더위쯤 못 이길 사람이 아니니. 아, 어서 일 시작해요. 저 애기 손님 속 타는데."

서민영은 일어나려 하지 않았다.

"요것 참말로 죄송스러워서……."

이근술은 어쩔 수 없이 자리를 잡고 앉으며 튀김 기계의 손잡이를 잡았다.

"이근술 씨와 염상진이란 사람 사이에서 있었던 일은 진작 알고 있었소. 하나 이근술 씨가 경찰직에서 물러나 이 일을 하고 있다는 것은 얼마 전에야 알았소. 내가 이근술 씨를 찾아온 용건은, 야학에서 아이들을 가르치는 것이 어떠실까 해서요. 좀 갑작스럽기는 한데, 어떠시오?"

서민영이 나직하게 물었다.

"……저 같은 물건을 생각혀 주시는 것이야 한없이 고마운디라,

지가 이적지 해 먹은 것이 순사질이라 아그들 가르칠 자격이 없구만이라."

이근술은 서민영 선생이 자신을 그토록 마음에 두고 있다는 것에 가슴이 벌떡거렸다. 도경에 불려 가 조사 받고 사표를 쓸 때의 참담했던 감정을 다 보상받는 기분이었다.

"내가 일자리를 바꾸라고 권하는 것은 야학 선생이 이 일보다 낫기 때문이 아니오. 사람이 너나없이 평등해야 하는 세상에서 직업의 귀천이란 있을 수가 없지요. 단지 내가 야학 선생을 권하는 건 지금 하는 일이 이근술 씨한테 어울리지 않기 때문이오. 사람이란 능력에 따라 자기 몫의 일을 맡아야 하는데, 이 튀밥 튀기는 일은 배움이 없는 사람이 생계 수단으로 삼아야 할 일이고, 이근술 씨가 이 일을 한다는 건 개인적으로도 사회적으로도 큰 손해요. 농업학교를 나온 학력이면 국민학교 과정의 아이들을 충분히 가르칠 수 있소. 뿐만이 아니라 이근술 씨가 지닌 심덕이면 아이들을 잘 감쌀 것이고, 그 용기면 아이들을 바르게 지도하리란 믿음도 있소."

"아이고, 너무 과헌 말씀이십니다."

이근술은 이 말밖에 더 할 말이 없었다.

"휴전이란 말이 오가고 있으니 전쟁이 곧 끝날 테고, 우리 야학에도 일이 많으니 함께 일했으면 하오. 며칠 여유를 두고 생각해 주시오. 느닷없이 찾아와 일에 방해가 됐소. 그럼 이만 가겠소."

서민영이 몸을 일으켰다.

"선생님, 이거 아무 대접도 이⋯⋯."

이근술이 엉거주춤 일어섰다.

"일어나지 말고 어서 일하시오. 저 애기 손님한테 또 타박 듣지 말고, 내 또 오리다."

서민영이 팔을 저었다.

"선생님, 허면 살펴 가시씨요."

이근술은 허리를 굽혀 꾸벅 절을 했다.

밖으로 나온 서민영은 큰 숨을 내쉬며 손등으로 이마의 땀을 훔쳤다. 전직 경찰이 체면 가리지 않고 튀밥을 튀기는 것도 그렇지만, 저런 불구덩이 속에서 일하는 이근술이 새삼스레 대단하게 느껴졌다.

야학 선생이 꼭 필요한 것은 아니었다. 그러나 이근술 이야기를 듣고 그냥 있을 수 없었다. 그런 사람이 내동댕이쳐진 것처럼 살게 내버려 둬서는 안 된다는 생각을 떼칠 수가 없었다. 그의 생각으로는, 보도연맹원을 처단하지 않은 이근술의 처사도 값진 것이었고, 그런 이근술을 알아보고 또 처단하지 않은 염상진의 처사도 값진 것이었다. 그는 그 이야기를 듣고 가슴 저리는 기쁨을 맛보았다.

서민영은 자애병원 앞에서 잠시 머뭇거리다가 문 쪽으로 걸어갔다. 마음 나누고 살 사람이 지극히 적은 세상에서 자애병원은 마음을 쉬어 갈 수 있는 유일한 곳이었다.

"아니 선생님, 이 더운데 어쩐 일이십니까. 어디가 편찮으신가요?"

전 원장은 놀라기부터 했다.

"아니오, 볼일이 좀 있어 나왔다가 그냥 가기 서운해서 들렀어요."

서민영이 고개를 저었다.

"어서 이리 앉으십시오. 그러잖아도 한번 뵀으면 하던 참이었습니다."

전 원장이 부채를 내밀었고, 서민영은 자리에 앉으며 무슨 일이 있냐고 눈으로 물었다.

"휴전이다 뭐다 시국이 하도 복잡해서 가닥을 잡기가 어렵습니다. 미국은 휴전을 할 작정인 모양인데 이승만 박사는 휴전 결사반대라니, 어떻게 되는 것인지요?"

"그야말로 동상이몽이겠지요. 미국이야 애초의 삼팔선 이남을 되찾았으니까 더 피 흘려 싸울 필요를 못 느낄 테고, 이승만은 미국의 힘을 빌려 한반도 전체의 국부가 되어 보겠다는 꿈을 꾸는 것 아니겠소. 허나 그건 작전권을 넘겨 버린 것과 똑같은 또 하나의 노망일 뿐이오. 작전권을 넘겨주지 말든지, 작전권이 없으면 휴전을 결사반대하지 말든지 해야 제정신일 텐데, 앞뒤가 안 맞는 짓을 하고 있으니 노망이 아니고 뭐겠소. 이승만이 아무리 결사반대를 외쳐도 미국은 끄떡하지 않을 거요. 작전권이란 국민의 생존권과 재산권을 지키기 위해 대통령에게 부여한 절대적이고 고유한 권한 아닌가요. 그런데 이승만은 그 엄청난 권한을 하루아침에 미국에 넘기고 말았습니다. 그건 이승만이만 허깨비 대통령이 된 것이 아니라 나라 전체가 국권을 상실해 버린 겁니다. 작전권 이양서는 이름만 다른 또 하나의 한일합방 조인서이고, 작년 7월 12일은 대한민국이라는 나라가 미국의 식민지라는 걸 공인한 날입니다. 물론 이런 말을 내놓고 하면 또 좌익이다, 빨갱이다 몰아쳐서 잡아넣겠지만, 사실대로 말하자면 사정이 그렇지요. 이승만도 할 말은 있겠지요. 공산 침략을 막아 내기 위해서, 작전 효과를 높이기 위해서, 미국이 아니라 유엔군에게 임시로 작전권을 넘긴 것이라고 말이오. 그러나 그건 국민을 기만하는 거짓말이지요. 우리나라가 유엔에 가입한 것도 아니고, 가입했다 하더라도 유엔군에게 국권을 넘겼다는 것은 절대로 합리화가 될 수 없어요. 세상 어느 나라가 전쟁이 터졌다고 자기 나라 작전권을 수많은 나라들이 모여 서로 자기들 이익을 취하려고 하는 유엔이란 단체에 넘기겠소? 그야말로 그건 세계적인 웃음거리에 멍텅구리

짓일 뿐이오. 더구나 유엔이 미국의 손아귀에 있다는 것은 세상이 다 아는 사실 아니오. 작전권을 넘길 때는 언제고, 이제 와서 휴전 결사반대라니, 그 허수아비가 떠드는 소리에 미국이 끄떡이나 하겠소?"

서민영의 얼굴에는 불쾌감이 드러났다.

"그럼, 휴전 문제는 어떻게 돼야 합니까?"

"휴전은 돼야지요. 더 이상 우리 민족이 상할 이유가 없어요. 전쟁은 끝내고 봐야 합니다."

서민영의 말은 단호했다.

"전쟁이 끝나면……. 산에 있는 사람들은 어떻게 되는 겁니까?"

"그 문제가 복잡하겠지요. 그 사람들이 쉽게 사상을 포기하지도 않을 것이고, 그렇다고 이쪽에서 그걸 용납하지도 않을 것이고……."

서민영은 침통한 표정을 지었다.

"김범우 씨나 손승호 씨는 여태 볼 수가 없는데, 혹시 서울에서 무슨 일을 당한 게 아닐까요?"

전 원장은 가끔 생각하던 궁금증을 드러냈다.

"나도 그 사람들 생각을 해 봤지요. 그런데 종잡을 수가 있어야지요. 어찌 생각하면 인공 치하에서 그쪽에 가담했을 것도 같고, 어찌 생각하면 전 원장님이나 나처럼 그냥 방관했을 것도 같고,

또 어찌 생각하면 젊으니까 양쪽 어디로든 전쟁터에 끌려간 것 같기도 하고……"

"선생님 생각도 그러시군요. 그런데 의사들 중에도 좌익 사상을 갖고 있다가 입산한 사람들이 적지 않은데요, 저처럼 아무 편도 들지 않고 이렇게 사는 게 혹시 잘못은 아닐까요?"

"그렇게 살기는 나도 마찬가지지요. 허나 그것을 옳다, 그르다 잘라 말할 수는 없지요. 우리가 겪고 있는 이 전쟁에서는 특히 그렇지요. 무슨 말인가 하면, 전쟁이란 대개 국가와 국가가 싸우는 것이고, 그럴 때는 적과 아군이 분명하게 구분되지요. 그런데 지금 우리는 같은 민족끼리의 전쟁이면서, 또 남과 북 똑같이 외국 군대가 개입된 국제전이거든요. 그러니 사람들 생각도 여러 갈래로 나뉠 수밖에 없지요. 전쟁은 편을 갈라 싸우는 것이고, 이번 전쟁에서도 편을 갈랐지요. 그런데도 전 원장님이나 나 같은 사람이 적잖이 있을 수밖에 없는 건 그게 이념적 민족 전쟁이기 때문입니다. 친일 반민족 세력으로 이루어진 이승만 정권은 절대로 옳을 수 없고, 그렇다고 무작정 공산주의를 지지할 수도 없고, 그런 사람을 정치적으로는 중도파라고 부르는데, 그런 사람은 결국 양쪽에서 다 환영받을 수가 없지요. 그런데 이번 전쟁을 계기로 그런 사람들도 많이 양쪽으로 갈라지게 되면서, 이제 중도파란 없어진 것이나 다름없다고 봐야죠. 그렇다고 어느 편도 안 든 것이 잘못은 아니라고 봅니다. 얼마나 바른 생각을 가지고 사느냐가 문제지요."

"원장님, 환자가……."

간호원이 낮은 소리로 조심스럽게 말했다.

"이거 너무 오래 지체했습니다."

서민영이 서둘러 일어났다.

18

어차피 한 번 죽는다

초록으로 치장한 7월의 산들은 겨울 산에 비해 넉넉하고 푸근해보였다. 염상진은 그런 산을 하염없이 바라보고 있었다. 그러나 그 맑은 초록빛 나무바다도 마음속 깊은 우울을 걷어 가지는 못했다. 저 산의 굳건한 의지로, 저 나무들의 푸른 기상으로 전사들이 여름 투쟁에 나서기를 바랐다. 그런데 돌발 상황으로 여름 투쟁은 차질을 빚었다.

나뭇잎이 다 떨어져 은신할 데가 없고, 추위까지 몰아치는 겨울산에 비해 숲 짙고 물 많은 여름 산은 낙원이었다. 그러나 빨치산들은 겨울에 고대했던 여름 산의 행복을 누리지 못했다. 휴전 소식에서 비롯된 불안감이 전염병처럼 번져 나간 것이다. 물론 도당은 그에 대한 학습을 강화했다. 그러나 학습만으로는 대원들의 불안감을 없앨 수 없었다. 휴전을 받아들이는 느낌은 이북 출신과 이남 출신이 달랐고, 이남 출신 중에서도 지식계급과 농민·기본출이 달랐다. 이북 출신들은 가장 심하게 불안해했다. 그건 사상이 빈약하거나 특별히 겁이 많아서가 아니라, 고향으로 돌아갈 수 없을지도 모른다는 본능적 반응이었다. 그다음으로 이남의 지식계급 출신들이 불안해했다. 그들은 끄떡 않는 축과 불안해하는 축, 둘로 나뉘었다. 끄떡 않는 쪽보다는 불안해하는 쪽이 많았는데, 그 불안의 원인은 휴전 다음의 상황을 꼬치꼬치 따지는 데 있었다. 지식계급에 비해 농민이나 기본출들은 꽤나 태평했다. 이래 살다 죽으나 저래 살다 죽으나 어차피 한세상인데, 바라는 세상 못 볼 바에는 실컷 싸움이나 하다 죽겠다는 태도였다. 이런 분석을 입증이라도 하는 듯한 사건이 일어났다.

염상진은 한숨을 내쉬었다. 두 사람은 살아날 가망이 없었다. 자신에게 변호의 기회가 주어진다 해도 그들을 살려 낼 논리를 찾을 수는 없었다.

그들은 휴전을 죽음으로 받아들였을까? 그들의 의지는 고작 그 정도였단 말인가? 그러면 왜 입산했을까? 일시적인 피신이었을까? 그럼 왜 작년 말에 실시한 하산 권유를 듣지 않았을까? 적들의 감정적인 보복 때문에 산이 더 안전하다는 기회주의적 판단을 한 것일까? 아니면 고생을 하다 보니 생각에 변화가 생기기 시작하다가 휴전 소식을 듣고 완전히 변해 버린 것일까? 그들은 스스로 바른 역사를 선택했다면서 역사에 대한 전망을 갖지 못했을까? 목숨 때문이라고? 가당치 않은 소리다! 역사의 편에 선 자가 목숨을 변명의 이유로 내세우는 것은 두말할 나위 없는 비겁이다. 목숨을 아까워하는 자가 어찌 혁명에 나설 수 있으며, 피 흘리기를 두려워하는 자가 어찌 투쟁에 뛰어들 수 있는가! 목숨 버리기를 무서워하면서 혁명의 열매만 따 먹으려 했다면 그런 자는 반동보다 더 악랄한 적이다! 혁명은 대가를 보장해 주지 않는다. 혁명에 나선 자는 혁명의 연료로써 타오르기를 각오해야 한다. 혁명에서 대가를 바라면 목숨에 연연하게 되고, 목숨에 연연하면 기회주의가 싹트게 된다. 탈주를 감행한 두 사람은 목숨에 연연한 자들이었다. 그들이 탈주에 성공했다면 제 목숨을 건지기 위해 동지들을 적에게 팔아넘겼을 것이다.

염상진은 괴로웠다. 동지를 적의 손에 잃는 것도 괴로운데, 자신들의 손으로 잃어야 하다니. 혁명의 대열에서 이탈해 그렇게 값 없이 죽어야 하는 자들에 대한 안타까운 괴로움이었다. 혁명 투쟁에 나선 자의 가장 영광스러운 죽음은 적과 싸우다가 동지들의 가슴에 영원한 추앙의 괴로움을 남기고 죽는 것이었다.

염상진은 시계를 들여다보았다. 중대한 사건이라 곧 총사 전체의 재판이 벌어지게 되어 있었다.

 탈주를 감행한 두 사람은 순천중학교 출신으로 선후배 사이였다. 그들은 부대를 이탈해 도주하다가 해방구 접경에서 적발되었다. 그들은 탈주의 마지막 고비에서 실패한 셈이었다.

 염상진은 산비탈을 내려갔다. 완만한 경사를 이룬 숲 그늘에 총사 대원들이 모여 있었다. 300명쯤 되는 그들은 너무나 조용했다. 오늘의 모임이 오락회가 아니라는 것을 다들 알고 있다는 뜻이었다. 만약 오락회였다면 지금쯤 박수 소리와 웃음소리와 노랫소리로 숲이 들썩거렸을 것이다. 오락회도 투쟁이다! 오락회는 학습 다음으로 중요시되었다. 오락회는 내일의 투쟁을 위해 오늘의 피로를 풀고, 그것을 통해 전사들의 유대를 강화하는 데 목적이 있었다. 염상진은 오락회를 볼 때마다 신기함과 함께 미안한 아쉬움을 갖고는 했다. 대개 중대 단위로 벌이는 오락회에서 대원들은 술과 음식 없이도 신명 나게 잘도 어울렸다. 여자 대원들도 몸을 사리지 않았다. 술기운 하나 없이 그렇게들 신명날 수 있다는 게 염상진은 늘 신기했다. 그러면서 저 모임 판에 먹을 것을 조금이나마 마련해 줄 수 있다면 얼마나 좋으랴 하는 아쉬움을 갖고는 했다. 그는 어쩌다 오락회에 끌려 들어가 노래를 요청받을 때가 있었다. 그럴 때마다 학생 시절부터 술이 취하면 부르던 〈아리랑〉을 불렀다. 맨정신으로 노래를 하기가 처음에는 어색했지만 자꾸 하다 보니 분위기에 어우러져 제법 흥이 돌았다. 정말 노래가 들을 만해서 그러는지, 예의를 차리느라 그러는지 알 수는 없지만, 으레 재청이 들어오고는 했다. 그러면 그는 시를 낭송했다.

내 조국을 떠날 때
사랑하는 동무는
깃발을 메고 돌아오라 하였거니
오냐,
떼몰려 압록강 건너
장백산을 타고 넘어
다 우리나라 서울로 진군하련다
바람에 펄럭이는 깃발은
인민의 깃발
둥둥 두리둥 치는 북은
쇠사슬을 끊으리
고국 산하에 구슬픈 호둘기 소리가
우렁찬 자유의 노랫소리로 변할 때까지
동무야 싸우자
형제야 싸우자
못내 뜻을 이루고 싸우다 죽으면

이내 가슴 위에 돌을 세워다오

돌 위에는 새겨라

'조국 해방 만세'라고

항일 무장투쟁을 그린 김사량의 〈조선의용군〉이란 연극에 나
오는 시였다. 그 시를 듣고 대원들은 하나같이 숙연하고 비장해
졌다. 노래는 분명 투쟁의 무기였다. 시 또한 그 못지않은 투쟁의
무기였다.

염상진은 부사령관 자리에 앉았다. 자리라고 해 봐야 약간 높
은 곳에 옮겨다 놓은 앉기 돌이었다.

곧 재판이 시작되었다. 두 사내는 칡덩굴에 팔이 묶여 대원들
앞에 섰다.

"지금부터 신동식과 윤재일에 대한 재판을 시작하고자 합니다.
먼저 두 사람이 범한 죄상을 보고하겠습니다. 신동식과 윤재일은
휴전회담이 시작됐다는 소식을 접하면서 투쟁 의욕을 상실해 가
다가 마침내 탈주 음모를 꾸미게 되었습니다. 그리하여 두 사람은
바로 그저께인 7월 30일 적진으로 탈주하다가 분트 요원들에게
적발, 체포되었습니다. 이들의 죄상에 대해 대원 여러분은 기탄없
이 의견을 개진해 주시기 바랍니다."

정치위원의 말이 끝나기 바쁘게 한 사람이 "여기 발언권 주씨

요!"라며 팔을 들었다.

"발언하시오."

정치위원이 발언권을 주었다.

"하도 가당찮은 일이라 길게 말허고 싶지도 않으요. 우리는 인민의 나라를 맹글기 위해 죽어도 같이 죽고, 살아도 같이 살자고 맹세혔는디, 고까짓 휴전회담에 겁먹고 즈그들만 살겄다고 똥줄 빠지게 달아난 반동분자들은 볼 것 없이 총살시켜야 허요."

"알겠습니다, 발언 접수합니다. 다른 대원 발언 받겠습니다."

"여기 있소."

다른 사람이 팔을 뻗었다.

"예, 발언하십시오."

"앞 동무가 발언 잘혔응께 나는 한 가지만 말하겄소. 저 두 사람은 중학교까지 나와 배울 만치 배웠다는디, 배운 사람이면 배운 머리를 써서 어려워진 우리 형편을 좋은 쪽으로 돌릴라고 혀야 헐 것인디, 못된 꾀를 내서 당과 동지들을 다 내뿔고 즈그들만 살겄다고 나댔으니, 고것은 우리 빨치산의 창피요. 나도 저 반동분자들을 총살시키라고 재청허겄소."

"예, 재청 발언 접수합니다. 다른 대원 발언하십시오."

"나요, 나!"

한 남자가 팔도 들지 않고 몸부터 일으켰다.

"예, 발언하시오."

"총살 삼청이오. 즈그들만 살겄다고 원수들헌티로 내빼! 고것이 어디 사람이 헐 짓거리여! 요런 개돼지만도 못헌 인종들아, 어디 대답 좀 혀 봐라!"

그 남자는 제풀에 흥분해서 고래고래 소리를 질렀다.

"됐습니다. 진정하시고 앉아 주십시오. 동무의 발언을 삼청으로 접수합니다."

정치위원이 앉으라는 손짓을 했다.

"삼청까지 나왔으니 반대 발언 있으면 하십시오."

아무도 손을 드는 사람이 없었다. 숲 그늘에는 한동안 침묵이 흘렀다.

"없소, 판결 내리씨요오!"

누군가가 외쳤다.

"옳소!"

"옳소, 싸게 허씨요!"

여기저기서 목소리가 터져 나왔다.

"알겠습니다. 그럼 사령관 동지께서 최종 판결을 발표하시겠습니다."

정치위원이 옆으로 비켜섰다.

사령관이 앞으로 나섰다. 두런거리던 소리가 뚝 그쳤다. 묶인

두 사람은 고개를 푹 숙이고 있었다.

"대원들의 결의를 존중하여 당과 인민의 이름으로 신동식과 윤재일에게 총살형을 언도하는 바이오!"

그때였다.

"사령관 동지, 살려 주씨요오."

"동무들, 한 번만 살려 주씨요!"

두 사람이 무릎을 꿇으며 울부짖었다.

그 많은 사람들은 침묵할 뿐 아무런 반응이 없었다.

"동무들, 잘못했응께로 한 번만 용서혀 주시씨요. 다시는 고런 맘 안 먹겄소."

한 남자가 눈물을 흘리며 고개를 주억거렸다.

"동무들, 한 번만 용서혀 주씨요. 그럼 더 용감허게 투쟁허겄소"

사령관을 향해 무릎을 꿇었던 남자가 대원들 쪽으로 돌아앉으며 목메게 부르짖었다.

"저런 짜잔헌 새끼들, 당장 쥑여라!"

마침내 고함 소리가 터졌다. 그것이 신호라도 되는 듯 여기저기서 성난 외침이 쏟아졌다.

"저런 벌거지만도 못헌 새끼들, 당장 쳐 죽여!"

"저런 새끼들헌테는 총알이 아깝다. 죽창으로 찔러 뿌러라!"

"싸게싸게 죽여!"

염상진은 어금니를 꾹 물며 눈을 감았다. 대원들이 어째서 저렇게 분노하는지 그는 알 수 있었다. 대원들은 두 범인이 보이고 있는 남자답지도, 빨치산답지도 못한 비굴에 또 한 번 배신당하는 것을 견뎌 내지 못하는 것이었다. 두 사람이 만에 하나 목숨을 건지려면 죽음 앞에서 빨치산다운 당당한 태도를 취했어야 했다. 대원들이 온갖 악조건을 무릅쓰며 투쟁하는 것은 오로지 한 가지 목적 때문이었다. 빨치산이면 잠결에 물어도 할 수 있는 대답—. 해방된 인민이 주인인 새 나라 건설이었다. 죽음을 무릅쓰는 용기도 오직 그 목적을 위한 의지와 긍지에서 비롯되고 있었다. 그런데 그들을 지탱하게 해 주는 긍지를 두 범인은 비굴과 비겁으로 끝내 훼손하고 말았다. 염상진의 머릿속에 백아산에서 목격한 장면이 선명하게 떠올랐다.

염상진의 마음은 더 우울하고 무거워져 있었다. 두 사람이 보인 민망한 행태 탓이었다.

백아산 지구에서도 중요한 재판이 벌어졌었다. 광주 외곽에 있는 형무소를 습격해 동지들을 구출해 내는 중요한 작전을 위해 한 대원을 정찰병으로 보내게 되었다. 그는 발이 빠를 뿐만 아니라 무등산 주변의 지리에 밝아 특별히 뽑혔다. 그런데 그것이 오히려 화근이 되었다. 형무소 위치를 잘 알고 있던 그는 방심한 채 정찰을 소홀히 하고 말았다. 그의 보고를 받고 부대를 투입해 보니 형무소는 텅 빈 껍데기였다. 허탕을 친 데다가 토벌대의 추격까지 받는 위험을 겪어야 했다. 그 정찰병은 당연히 재판에 회부되었고, 만장일치로 사형이 확정되었다.

"입이 열 개라도 헐 말이 없구만이라. 지 같은 얼빙이는 열 번 죽어도 싸제라. 지는 먼저 죽을 것잉께 동무들은 더 열성으로 투쟁혀서 인민의 나라를 꼭 맹글고, 거기서 복 받고 살기를 바라능마요. 지는 저세상에 가서도 그런 날이 오기를 빌겠구만이라. 지 잘못을 용서허시씨요."

그 정찰병은 이렇게 마지막 말을 남겼다. 그런데 다음 순간 이변이 일어났다.

"동무들! 저 동무를 살립시다. 저 동무가 진짜배기 빨치산이오!"

누군가가 벌떡 일어나 소리쳤다.

"맞소, 저런 동무를 죽이기는 아까우요."

누군가가 동의를 하고 나섰다.

"옳소, 살립시다!"

대원들이 환호하기 시작했고, 다시 재판이 열려, 그 정찰병은 목숨을 구했다.

염상진은 커다란 감동으로 그 장면을 지켜보았던 것이다.

따꿍―.

따꿍―.

두 발의 총성이 울렸고, 대원들은 어두운 얼굴로 자리를 벗어났다.

염상진은 하늘을 올려다보며 중얼거렸다.

"어차피 한 번 죽는 건데 못난 사람들 같으니라구……."

어둠이 내리면서 개구리 울음소리가 바글바글 끓었다. 개구리는 한낮에는 아무 소리 없다가도 어둠살이 퍼지면서 점점 요란스러워졌다. 모기도 그때쯤 날기 시작했다. 개구리 울음소리가 여름밤의 정취라면, 모기떼는 더위와 함께 여름밤의 큰 고역이었다. 빨치산에게 모기떼는 겨울의 이만큼 짜증스러운 존재였다. 잡아도 잡아도 없앨 수 없는 이처럼 모기도 쫓아도 쫓아도 끝없이 달려들었다. 그래서 빨치산들은 이와 모기를 '또 하나의 원수'라고 했다.

이태식의 연대원들은 날아드는 모기와 슬슬 싸움을 시작하고 있었다.

"세 명씩 두 조로 정찰조를 짜야겠는디, 지원자 나서씨요."

연대장 이태식이 나직하게 말했다.

"여기요."

말이 끝나기 바쁘게 한 여자가 일어났다.

"또……."

반사적으로 입을 연 이태식이 얼른 말을 멈추고는 어색하게 웃었다.

조원제가 빙그레 웃었고 몇몇 대원들도 쿡쿡 웃었다. 대원들은 연대장이 꿀꺽 삼킨 말이 '……동무요?'라는 걸 알고 있었다. 자칫 연대장이 그 말을 했다가는 정식으로 자기비판에 붙여질 수도 있었다.

"강경애 동무가 지원혔고." 이태식은 일부러 이름을 부르고는 "또 지원허씨요."라며 대원들을 둘러보았다.

대원들이 여기저기서 일어났다.

"되았소. 거기까지 여섯이고, 나머지 세 사람은 도로 앉으씨요."

이태식이 일어선 순서대로 지원자 여섯을 지목했다.

아예 지원 자격이 없는 조원제는 지원자들을 흐뭇한 마음으로 바라보고 있었다. 정치일꾼인 문화부 중대장은 간부 보호 원칙에 따라 전투가 벌어지는 화선에서도 다소 안전한 곳에 위치했고, 이런 경우에도 자원할 수 없었다. 돌격대·매복조·정찰조 같은 위험이 큰 조직을 짤 때는 지명이 아니라 자원이 원칙이었다. 그렇다고 자원자가 모자라는 일은 없었다. 빨치산들의 투쟁 열의가 그만큼 뜨거웠다. 그런데 이태식 연대에서는 자원자가 점점 늘어나고 있었다. 바로 강경애 때문이었다.

"강 동무한테 내가 판판이 지는구만."

정찰조가 임무 수행을 하러 떠나자 이태식이 고개를 저었다.

"원칙을 바꾸기 전에야 판판이 지게 생겼제라."

조원제는 씽긋 웃었다.

"그렇겄제. 여자 몸으로 어찌 저리 간이 큰지 모르겄소. 영 사람 애먹이오."

"용맹스런 부하가 생겼응께 인제 강철 부대가 강강철 부대 되게 생겼는디 왜 애를 썩고 그러시요?"

조원제는 능청스럽게 웃었다.

"어허! 지가 후방부에서 기동대로 온 지 얼마나 됐다고 지원이 있을 때마다 불쑥불쑥 나서. 산에서 살았다고 다 빨치산이간디? 아직 빨치산 병아린디, 겁 없이 나댄께 위태위태허제."

"연대장 동무가 시방 헌 발언 내가 강경애 동무헌테 전허겄소."

조원제는 정색을 하고 말했다.

"아이고 지도원 동무, 내가 실없는 소리 혔소. 그냥 못 들은 것으로 허씨요."

이태식은 당황해서 어쩔 줄 몰랐다. 그건 가식도 술수도 없는 이태식의 성품을 그대로 보여 주는 장면이었다. 순진할 정도로 순수한 그는 무엇이든 곧이곧대로 받아들이고 행동했다.

"아이고, 장난이오, 장난."

조원제가 웃음을 터뜨렸다.

"예끼! 장난헐 말이 따로 있제."

이태식이 조원제의 어깻죽지를 쳤다.

강경애가 후방부에서 이태식 연대로 온 것은 한 달쯤 전이었다. 토벌대에게 해방구 반을 빼앗기면서 입은 병력 손실을 보충할 때였다. 이태식은 여자 대원을 달가워하지 않았다. 여자를 받아들이면 부대의 전투력이 약화되기 때문이었다. 그래서 그의 연대에 있는 여자 대원은 간호병과 취사를 맡은 인원뿐이었다. 그런데 강경애는 간호병이 아니고 엉뚱하게도 전투병으로 왔다.

그런데 며칠 지나지 않아 강경애가 매복조를 짜는데 자원하고 나섰다.

"아니, 강 동무, 어쩔라고 그러요?"

이태식이 어이없는 듯 헛웃음을 흘렸다.

"뭘 어째라. 매복조 지원이제라."

강경애는 새침한 얼굴로 대꾸했다.

"동무는 안 되겠소."

"음마, 지원헌 사람이 어째 안 돼라?"

강경애의 말은 또렷했다.

"동무는 매복이 뭔지나 알고 그러요?"

"매복이야 적이 댕길 만헌 길목에 숨었다가 적을 때려잡는 일이제라."

"그런 말이 아니라, 고것이 얼마나 어렵고 위험헌지 아냐 그 말이오."

"그렁께 싸게싸게 배워야제라."

"허 참!" 이태식은 기가 막히다는 듯 하늘을 한 번 올려다보고는 "우리가 시방 아그들맹키로 물총 쌈 허는 것이 아니오. 매복은 여자가 나설 일이 아닝께 가만 있으씨요."

"연대장 동무! 인민 해방은 모든 사람이 차등 없이 되는 것이고, 따라서 남녀도 평등허다는 것을 아시요, 모르시요? 내가 여자라고 지원을 안 받아 주는 것은 해방 정신의 기본에 위배되는 일이오. 나를 받아 주든지, 그 발언에 대해 자기비판을 받든지, 연대장 동무는 둘 중 하나를 고르씨요."

이태식은 그만 말문이 막히고 말았고, 그녀의 자원을 받아들일 수밖에 없었다.

이태식이 강경애의 논리에 대응하지 못하고 무너지는 것이 조원제는 안타까웠다. 강경애의 논리에는 결정적 허점이 있었다. 인민 해방에 따른 남녀 평등이란 인권의 평등이지 능력의 평등이 아니고, 아무리 자원이라 해도 임무 수행에 대한 능력 평가는 지휘관의 권한이었다. 이태식은 그 점을 들어 반격했어야 했다. 그러나 이태식은 논리에 약한 사람이었다.

강경애는 그 뒤로도 자원자를 뽑을 때마다 손을 들었다. 그때마다 이태식은 "또……." 하며 억지웃음을 짓고는 했다. 그런 가운데 강경애는 매번 무사히 임무를 마치고 돌아왔고, 날이 갈수록 그녀가 야멸찬 전사로 변해 가는 것을 누구나 느낄 수 있었다.

동그스름한 얼굴에 눈매가 고운 강경애는 자상한 여자였다. 틈나는 대로 남자 대원들의 찢어진 옷을 꿰매 주고, 머리를 깎아 주었으며, 몸이 불편한 대원이 있으면 지성으로 돌봐 주었다. 그런 강경애가 싸움에 나설 때는 거짓말처럼 용맹스러워졌다.

서쪽 하늘이 온통 불붙어 있었다. 여름 해의 그 뜨거움만큼 노을도 현란했다.

"참 곱군요."

이지숙이 노을을 그윽이 바라보며 말했다.

"그렇소."

옆에 선 안창민이 고개를 끄덕였다.

"노을을 이렇게 바라보기도 오랜만이네요."

"그런 것 같소."

두 사람은 한참이나 말이 없었다. 이지숙은 싸리나뭇잎 하나를 따서 물고 그 끝을 잘근잘근 씹었다. 말이 별로 없는 남자는 진중해 보이기도 하지만 답답할 때도 있었다. 불필요한 말을 거의

하는 일이 없는 안창민은 당사업을 하는 데는 진중한 일꾼이었지만, 이렇게 단둘이 만났을 때는 더없이 답답한 남자였다. 이지숙은 그 점이 불만이었다. 이렇게 단둘이 만나는 것은 아주 드문 일인데도 안창민은 먼저 말을 꺼내는 일이 거의 없었다. 그러니 그의 입에서 자신이 바라는 말이 나올 리 없었다. 자신의 가슴에서는 안창민을 향한 마음이 저 붉은 노을처럼 타오르고 있는데, 안창민은 단둘이 만나도 씨익 웃고는 그만이었다. 안창민에게 듣고 싶은 말은, 그의 가슴에도 자신을 향해 노을이 타고 있다고 하는 것이었다. 그런데 서로 마음을 열고 나서 벌써 몇 년이 지났는데 안창민은 그 비슷한 말도 하지 않았다.

"안 동무는 저런 노을을 보면 무슨 생각이 나시나요?"

이지숙은 안창민을 옆 눈길로 살짝 보았다.

"저 노을을 보면서……. 혁명의 성취가 저렇게 눈부신 색깔일까 하고 잠깐 생각했어요."

아이고 맙소사! 그만 이 말이 터져 나오려는 것을 이지숙은 짐짓 참아 냈다. 그러면서 혼자 웃음 지었다. 제 가슴에서는 저런 노을이 타고 있는데 안 동무의 가슴도 그런가요? 이렇게 물으려다가 너무 노골적인 것 같아서 물음을 바꾸었던 것이다. 만약 그렇게 물었더라면 안창민의 대답은 십중팔구 '예, 내 가슴에도 혁명의 열정이 저렇게 타오르고 있습니다.' 했을 것 같았다. 이지숙은 혁명 전사로서 강건하게 서 있는 안창민에게 만족하자고 생각했다. 사실 지금의 상황에서 그에게 사랑의 말을 들으려는 것이 무리일지도 몰랐다. 지구 정치위원으로서 지금 같은 상황에서 사랑 운운하는 것이 오히려 남자답지 못하게 보일 수도 있었다.

"저 붉게 타는 노을빛은 마치 동지들이 흘리고 간 피가 한데 모인 것 같아요."

이지숙은 감정을 바꾸어 말했다.

"그래요. ……이 산골, 저 산골에서 죽어 간 전사들이 아마 수만 명에 이를 것이오. 그들이 흘린 피를 모으면 하늘을 덮을 수 있을지도 모를 일이오."

"피 흘리지 않는 혁명은 없고, 위대하지 않은 혁명은 없다는 말을 갈수록 절감하게 돼요."

"인민은 혁명을 낳고, 혁명은 역사를 낳는 것 아니겠소. 그러나…… 얼마나 더 많은 희생이 따를지가 문제요."

안창민이 무거운 한숨을 내쉬었다.

"적들의 공격이 갈수록 심해지는 것도 휴전과 관계가 있겠지요?"

"물론이오. 삼팔선 부근에 집결되어 있던 적들이 휴전 문제가 나오면서 병력을 우리 쪽으로 투입하기 시작했소. 그건 우리가 바라는 바고, 우리의 투쟁이 거두고 있는 성과 중의 하나요."

"적의 병력을 분산시켜 인민군의 전쟁수행을 돕는다는 뜻인가
요?"

"그렇소."

"우리의 투쟁이 어려워지겠군요."

"지금까지의 투쟁이 너무 쉬웠다고 생각해야 할 거요. 특히 우
리 전남도당은 해방구를 철저하게 확보해 왔는데, 앞으로는 해방
구 없이 투쟁해야 하는 상황이 올지도 모르오."

"아, 비무장 병력을 무장시킬 수만 있다면……."

이지숙은 나뭇잎을 쥐어뜯으며 중얼거렸다. 그건 모두가 느끼는 안타까움이었다. 그러나 빨치산의 입장에서 안타까움을 갖자면 끝이 없고, 그 안타까운 조건들을 해결하고 나서 투쟁해야 한다면 결국 투쟁은 할 수 없게 될 것이다. 빨치산은 기적을 만들어 내는 군대여야 했다.

"이젠 그만 가 봐야겠어요."

이지숙이 안창민을 바라보며 말했다. 공적인 이야기로 끝난 만남이지만 이지숙은 단둘이 보낸 시간을 소중하게 마음에 담았다.

"투쟁은 이제부터 새로 시작일 거요. 서로 건강 지킵시다."

안창민이 노을을 바라보며 담담하게 말했다.

"네, 조심하세요."

이지숙도 안창민이 보고 있는 쪽으로 고개를 돌렸다. 노을은 어느덧 사위고 있었다. 사랑한다는 것은 같은 마음으로 한 곳을 바라보는 것인지도 모른다고 그녀는 생각했다.

백아산 지구와 마찬가지로 조계산 지구도 해방구를 절반 가까이 잃었다. 그러면서 병기과는 땅속에 굴을 파고 잠적했다.

김종연과 서인출도 두더지 생활을 하게 되었다. 그들의 비트는 실개울이 흐르는 어느 골짜기 비탈에 있었다. 겉으로는 잡목이 숲을 이루고, 여기저기 바위가 널린 평범한 산골짜기일 뿐이었다.

비트는 실개울에서 20미터쯤 떨어진 서너 개의 바위가 널린 비탈에 있었다. 골짜기 어디서나 볼 수 있는 그 바위들 중 하나가 비트 출입문이었다.

굴 안은 너덧 평 넓이였다. 천장은 서서 일할 수 있도록 높았고, 무너지는 사고에 대비해서 통나무로 기둥을 받쳐 놓았다. 통나무 기둥에 걸린 네 개의 석유 등잔이 굴속을 밝히고 있었다. 그곳에서 일하는 사람은 남자 여섯이었다. 그들은 밤에만 작업했다. 낮에 작업하다가 소리가 밖으로 새 나가 토벌대에게 발각될 위험 때문이었다. 물을 떠 오고, 대변보는 일은 다 밤에 이루어졌다. 며칠 간격으로 후방부에서 식량과 재료를 가져오고 총알을 가져갔다.

"해를 못 보고 살아서 그런가 어째 몸이 찌뿌둥허고 뻑쩍찌그리허네."

김종연이 배를 문지르며 트림을 하려고 목을 늘였다 줄였다 했다.

"배가 해허고 무슨 상관이여. 밥을 남보다 많이 먹을라고 막 넘겨서 그렇것제라."

배삼성이 엇지르고 나왔다.

"아니 내가 동무맨치로 속이 시커먼 줄 아시요?"

김종연이 맞받아쳤다.

"속이 안 좋으면 소금 한 주먹 먹지그려."

서인출이 염려스러운 듯 말했다.

"아니시, 소금도 양식인디." 김종연은 목을 늘이며 헛트림을 하고는 "짐승도 해를 못 보면 죽는다든디, 사람이 해를 안 보고 얼마나 사는지 아는 사람 있소?"라며 사람들을 둘러보았다.

"김 동무, 내가 외국 소설에서 읽었는데, 하늘은 구경도 할 수 없는 지하 감방에 갇혀서 몇십 년을 살더군요. 우린 밤하늘이라도 보니까 괜찮을 거요. 김 동무는 여기보다 자꾸 화선 투쟁에 나서고 싶어서 그런 생각이 드는 것 아니겠소?"

공과대학 출신인 조장이 웃으며 말했다.

"아이고메, 쪽집게 무당이시요. 동무가 과장 동무헌테 말혀서 화선으로 나갈 수 없을께라?"

김종연은 금방 애걸조가 되었다.

"갈수록 총알이 많이 필요하고, 기술자를 한 사람이라도 더 구해야 할 형편 아니오? 우리가 총알을 만들지 않으면 어떻게 화선 투쟁이 이루어지겠소. 김 동무가 마음을 느긋하게 먹도록 하시오."

19

포로의 섬, 거제도

　김범우가 민기홍을 만난 것은 부산의 포로수용소 병원에서였다. 위낙 뜻밖이라 그들은 서로를 알아보고도 한순간 멍하니 있다가 손을 잡았다.

　"김 형, 이게 어찌 된 거요. 포로수용소에다, 병원에 누워 있으니."

　민기홍은 붕대로 친친 감긴 김범우의 오른쪽 다리를 찡그린 얼굴로 내려다보았다.

　"의용군에 끌려갔다가 부상을 당했군요. 쯧쯧쯧쯧……."

　민기홍은 김범우가 대답하기도 전에 스스로 해답을 찾았다. 김범우는 조용히 웃음 지었다. 팔에 두른 기자 완장에 어울리도록 그의 머리는 빠르게 돌았다. 그러나 그가 찾아낸 해답은 지극히

153

상식적인 답안이었다. 아니, '끌려갔다'는 말을 거침없이 하는 것을 보면 반공적 답안이었다.

"김 형, 언제 의용군에 끌려갔고, 어디서 부상당했소?"

"민 선배님, 전 그 반댑니다."

김범우가 고개를 저어 보였다.

"반대라니, 그럼 솔선해서 의용군에 나갔단 말이오?"

민기홍이 놀라면서 목소리가 커졌다.

"목소리가 너무 크면 난처한데요."

김범우는 씁쓰름하게 웃으며 주위를 둘러보았다. 포로 카드에는 민기홍의 말대로 되어 있었다.

"김 형, 어떻게 된 일인지 자세히 좀 얘기해 보시오."

민기홍이 다가앉았다. 김범우는 이미 민기홍의 입장을 파악했으므로 이야기할 흥미를 잃고 있었다.

"다 얘기하자면 길고요, 이학송 선배가 《해방일보》에서 일했고, 제 친구 손승호는 서울시당에서 일했습니다."

"뭐라구요!"

민기홍이 안경을 밀어 올리며 눈을 크게 떴다.

"저도 그렇게 함께 시작한 일입니다."

"어찌 모두 그쪽을 택했단 말이오?"

"선배님은 어째서 반대쪽을 택했습니까?"

154

"난 어느 쪽도 선택하지 않았소. 난 이데올로기를 믿지 않으니까."

민기홍은 고개까지 저었다.

"그건 기만이고 자기 합리화입니다. 선배님은 지금 철저하게 한쪽 이데올로기에 종사하고 있습니다. 처음부터 의용군에 '끌려갔다'는 말을 썼는데, 그건 반공주의의 시각 아닙니까. 그리고 전쟁 이후 반공주의에서 단 한 치라도 벗어난 기사를 써 보신 일 있습니까?"

"아! 김 형……."

민기홍이 눈동자를 아래로 떨어뜨렸다.

"죄송합니다, 너무 고약하게 말해서."

"아니오. 김 형이 정곡을 찔렀소. 실은 그런 점들이 나를 괴롭히고, 나는 그런 점들을 이겨 내려고 괴로워하고, ……그러면서 변명도 하고, 명분도 찾아내고, 결국……. 내 주량이 늘어난 만큼 난 한쪽으로 기울었소. 앞장서진 않았지만 결과가 그러니 뭐라고 변명할 말조차 없소." 민기홍은 괴로운 듯 그러나 솔직하게 시인하고는 "그런데 세 사람은 의논해서 행동을 결정한 거요?" 하고 물었다.

"꼭 그런 건 아닙니다. 전쟁은 일단 터지면 그 누구에게도 중립을 허용하는 게 아니잖습니까? 어느 쪽으로든 입장을 분명하게 만드는 게 전쟁의 속성이니까요. 그것이 국가 간의 전쟁이 아니고 사회 개혁의 혁명성을 가진 민족 세력과 반민족 세력 간의 전쟁일 때 지식인들은 어떤 입장에 서야 하겠습니까?"

"민족의식이나 사회의식이 그렇게들 강했으니, 충분히 이해할 만하오." 민기홍은 고개를 끄덕이고는 "그런데 이 형은 어찌 됐는지 아시오?"라며 이학송 소식을 물었다.

"지난 1월에 서울에서 만났지요. 후퇴할 때 저처럼 부상당하지 않았으면 아마 저쪽으로 무사히 갔을 겁니다."

"아니 그럼, 김 형도 부상을 당하지 않았으면 저쪽으로 갔을 거라는 말이오?"

민기홍은 불쑥 말을 해 놓고는 그만 후회했다.

"……"

입을 꾹 다문 김범우는 민기홍을 빤히 보기만 했다. 민기홍이 눈길을 돌렸다.

"붕대를 감은 걸 보니 부상이 심한가 보지요?"

민기홍이 물었다. 김범우는 그가 화제를 돌리는 것이라고 생각했다.

"좀 그런 편입니다."

"얼마나 다쳤소?"

"세 군데 파편상을 입었는데, 무릎관절 부분이 좀 말썽입니다."

"파편이 관절에 박힌 거요?"

"아닙니다, 그 옆인데 염증이 관절에 퍼진 모양입니다."

"혹시 다른 뼈에는 이상 없소?"

"괜찮습니다."

"다행이오. 오늘은 이만 돌아가야겠소. 또 들를 테니 건강 잘 지키시오."

민기홍은 김범우의 어깨를 꾹 잡았다 놓고 돌아섰다. 김범우는 무슨 취재를 나왔느냐고 묻지 않았다. 그의 입장을 난처하게 하지 않기 위해서였다.

"민 기자님과 친구시라면서요?"

몇 시간 뒤에 간호장교가 전과 달리 살짝 웃기까지 하며 물었다.

"그런 분의 친군 줄은 몰랐어요."

김범우는 고개만 끄덕여 보였다.

군의관도 간호장교와 똑같이 물었다. 김범우는 역시 고개만 끄덕였다. 민기홍이 병원을 떠나면서 한 일이 무엇인지 확실해졌다. 그 뒤로 군의관과 간호장교는 웃음을 앞세운 치료를 해 주었다.

그러나 다시 오겠다던 민기홍은 보이지 않았다. 관절 부위를 재수술 받느라 20여 일을 더 병원에 머물렀다. 그리고 나서 거제도로 떠나게 되었다.

재수술까지 했지만 다리는 완치되지 않았다. 세 군데 박힌 파편을 빼낸 흉터가 허벅지에서 장딴지까지 찍힌 다리는 걸음을 옮길 때마다 절룩거려야 했다. 더 이상 방법이 없다는 군의관의 말을 듣는 순간 김범우는 삶의 의지가 뚝 부러지는 소리를 들었다. 그 부러진 의지에 땜질을 하기 시작한 것은 걷기 연습을 시작하면서였다.

파편이 머리나 가슴에 박혔다면 즉사였다. 아니, 옆구리나 복부에 박혔을 수도 있다. 그랬어도 즉사였다. 그나마 다리에 박힌 것이 얼마나 다행이냐. 허나 절름발이가 되었으니 이게 무슨 꼴인가. ……아니야, 다리를 잘린 사람이 얼마나 많은가, 두 다리가 다 잘린 사람들도 있잖은가, 나도 한쪽 다리를 잘릴 위험은 얼마든지 있었어. 장딴지에 박힌 파편은 뼈에서 1센티밖에 안 떨어져 있었다. 그 파편이 조금만 더 파고들어 뼈를 동강 냈어 봐. 그랬으면 영락없이 다리 하나는 없어졌지. 이만하기 얼마나 다행이냐. ……그런데 절름발이 몸으로 뭘 해 먹고 살지. ……그래, 서민영 선생이 계시구나. ……그분처럼 사나……. 아니야, 내가 절름발이라는 사실 자체를 잊어버려야 해. 창피스럽게 생각해서도 안 돼. 자유로워지고 당당해져야 해…….

김범우는 자신을 일으켜 세우려고 날마다 스스로에게 많은 이야기를 했다. 그리고 피투성이 다리를 붙들고 미군들에게 외친 자신의 부끄러운 거짓말을 곱씹어 생각했다. 부상자는 포로로 취급하지 않고 사살해 버린다는 소문 앞에서 온 힘을 쏟아 외친 거짓말―. 그건 살아나야 한다는 충동 때문이었다.

서울을 거쳐 후퇴하던 부대는 금촌 근방에서 집중적인 포 공격을 받았다. 부대는 혼란에 빠졌고, 흩어진 병사들은 폭탄을 피해 사생결단 북쪽으로 내달았다. 김범우는 서너 명과 함께 개울둑을 타 넘고 있었다. 그런데 폭음과 동시에 몸이 붕 떠올랐다. 당했다! 하는 짧은 생각이 끝이었다. 정신을 차려 보니 개울 바닥에 쓰러져 있었다. 견딜 수 없는 통증과 함께 오른쪽 다리는 피투성이였다. 일어나려 했다. 뒤에서는 적들이 쫓아오고 있었다. 몸을 일으키다가 비명만 지르고 도로 주저앉았다. 주위를 둘러보았다. 함께 뛰던 인민군 셋은 쓰러진 채 꼼짝하지 않았다. 그때 개울둑 위로 불쑥 미군이 나타나 총을 겨누었다.

"잠깐! 쏘지 마! 난 인민군이 아냐. 대한민국 국민이야. 인민군에게 강제로 끌려간 대한민국 국민이야!"

김범우는 두 팔을 든 채 기를 쓰며 외쳤다.

응급처치만 받고 부산 수용소까지 오는 데 나흘이 걸렸다. 그동안 파편이 박힌 상처가 염증을 일으켰고, 그 염증이 관절까지 퍼진 것이었다.

김범우가 거제도 수용소로 옮겨진 것은 5월을 하루 남겨 놓은 날이었다.

고향이 남쪽이고, 의용군으로 분류된 김범우는 '6' 자가 앞에 붙은 '62수용소'에 수용되었다. 북쪽 출신 포로들은 '7' 자가 앞에 붙은 수용소로 분리되었다.

김범우는 자신이 부상을 당하고도 포로로 살아난 것은 '대한민국 국민'이라는 말을 '영어'로 외쳤기 때문이라고 생각했다. 총을 겨눈 미군들의 반응에서 그걸 느낄 수 있었고, 조사 과정에서도 그들은 영어를 잘하는 것에 꽤나 호감을 보였다. 김범우는 영어가 자신의 목숨을 살렸다는 사실에 쓰디쓰게 웃을 수밖에 없었다. 의용군이라고 거짓말하지 않고 자신의 행적을 곧이곧대로 늘어놓았다간 미군의 총이 불을 뿜었을 것이었다.

거제도 수용소는 철조망을 둘러쳐 네 개의 큰 구역으로 나뉘어 있었고, 한 구역에는 여덟 개의 수용소가 들어 있었으며, 한 개의 수용소에는 6천 명의 포로들이 수용되어 있었다. 그리고 수용소의 막사 하나에는 50명에서 60명의 인원이 배치되어 있었다. 드넓게 펼쳐진 수용소는 어마어마한 넓이였고, 그 넓은 땅을 똑같은 모양의 막사들이 가득 채우고 있었다. 거제도라는 섬 자체가 수용소나 마찬가지였고, 그 수천 개를 헤아리는 시멘트 막사들이 섬을 뒤덮고 있었다. 거기에 15만 명의 포로와 그들을 경비하는 2만 명의 경비병이 기거하고 있었다.

김범우는 그 거대한 포로의 섬에 박혀 걷기 연습을 했다. 그러면서 막사 안에서 조심스럽게 벌어지고 있는 사상의 갈등에 대해서는 관찰하기만 했다. 양쪽에서 은밀히 접근할 때마다 그는 말했다. "지금 내 꼴을 보시오. 절름발이가 된 충격에 시달리고 있잖소." 그러면 양쪽 사람들은 멋쩍게 물러서고는 했다.

걷기 연습을 할 때 보게 되는 경비병들이 김범우는 눈에 거슬렸다. 경비병은 미군과 국군으로 이루어져 있었다. 그런데 미군이 국군보다 두 배 많았고, 국군은 미군의 지휘 아래 있었다. 김범우는 수용소 전체의 구도를 보면서 새롭게 분노했다. 우리 땅에 미군이 철조망을 치고, 그 안에 우리 민족을 15만 명이나 가두어 놓고, 미국의 무기로 경비를 하는데, 국군이 거기에 경비병으로 동원되어 있었다. 그 참담한 민족의 수난과 모멸은 묵살되고, 미군의 행위는 오히려 정당화되고 있었다. 수용소의 그 모습은 바로 전쟁을 치르고 있는 반도 땅의 축소판이었다. 며칠이 지나지 않아 알아낸 일인데, 미군은 거제도에 철조망을 치면서 250만 평에 이르는 농토와 임야에 쇠 말뚝을 박았고, 자그만치 3천여 채의 집들을 강제로 허물어 버렸다. 물론 미리 통고한 일도 없었고, 단 한 푼의 보상도 없었다. 그 모든 행위는 '공산당을 무찌르기 위해' 정당화되었다. 하루아침에 집을 잃고 농토를 빼앗긴 수많은 양민들은 얼어 죽고 굶어 죽어도 하소연할 데가 없었다. 김범우는 혼자 지팡이를 짚고 서서 분노를 깨물었다.

정하섭을 만난 것은 수용소 생활 20여 일이 넘어가는 6월 하순이었다. 그 만남은 우연이 아니라 정하섭 쪽에서 일부러 찾아온 것이었다. 그래서 자신은 놀랐지만 정하섭에게는 놀라움이 없었다.

"성함을 보고 선생님인 줄 직감했는데, 역시 선생님이 맞았습니다. 정말 반갑습니다, 선생님."

정하섭이 상기된 얼굴로 말했다.

"그래, 나도 반갑구먼. 자넨 몰라볼 정도로 어른이 돼 버렸네. 만난 지 꽤 오래됐지?"

김범우는 정하섭의 손등을 쓸며 뜻밖의 반가움에 가슴을 적셨다. 그 반가움은 민기홍을 만났을 때와는 댈 것이 아니었다. 정하섭은 제자인 데다가 이번 전쟁에서 같은 입장을 취한 사이였던 것이다.

"벌써 사오 년 지난 것 같습니다."

"그러니 자네 모습이 변할밖에."

김범우는 감회 깊은 얼굴로 정하섭을 바라보았다. 정하섭은 체구도 남자답게 틀이 잡힌 데다, 준수한 얼굴에는 투쟁 생활의 연륜이 무게감 있게 드러났다.

"선생님, 그런데 어떻게 여기까지 오시게 되셨습니까?"

정하섭이 목소리를 낮추며 물었다.

"응, 이야기가 좀 길어. 밖으로 나가세나."

김범우가 침상 끝에 눕혀 놓았던 지팡이를 집었다.

"아니, 선생님! 그 지팡이는……."

정하섭은 소스라치게 놀랐다.

"놀라지 않아도 돼. 서 있는 데는 지장 없고, 걸을 때만 조금씩 절룩일 뿐이야."

김범우는 밝게 웃으며 정하섭의 어깨를 잡았다.

"부상이 심하셨군요. 절룩이기까지 하시니."

정하섭이 부축을 하려고 했다.

"괜찮아, 내 생각엔 별로 흉한 것 같지 않은데 남들 눈에는 어떨지 알 수가 있어야지. 자네가 좀 살펴봐 주게."

김범우는 태연한 척하는 게 아니었다. 날마다 걷기 연습을 하다 보니 발 놀리기가 한결 수월해졌고, 절름거림도 덜해지는 느낌이었다.

김범우가 절룩이는 걸음으로 앞서 걸었고, 정하섭은 뒤에서 그 모습을 침통하게 바라보았다.

김범우는 정하섭이 자신의 이름을 '명단'에서 찾아냈다는 것을 되짚었다. 수용자 명단을 파악하고 있다는 것은 어떤 조직이 움직이고 있다는 증거였다. 정하섭이 그 조직의 일원임을 짐작하기는 어렵지 않았다.

"어떤가, 내 걸음이?"

김범우가 막사를 나서며 물었다.

"아주 심하신 줄 알았는데 그리 흉해 보이진 않습니다. 지팡이를 안 짚으면 훨씬 나을 텐데 그렇게는 안 되십니까?"

정하섭은 쾌활하게 말했다. 김범우 선생의 절름거리는 정도가 예상보다 심하지는 않았다.

"의사도 걷기 연습을 꾸준히 해서 지팡이를 짚지 않도록 하라고 말하더군."

"선생님, 그렇게 되도록 연습 많이 하십시오."

"그러지."

두 사람은 마주 보고 웃었다.

김범우는 전쟁이 일어난 뒤에 자신이 겪은 이야기를 간추려서 말했다. 진지하게 이야기를 듣는 정하섭의 모습에서 김범우는 잘 단련된 조직원을 보고 있었다.

"……그러니까 그날 부상만 당하지 않았더라면 난 여기 있을 몸이 아니네."

"선생님!" 김범우가 이야기를 끝내자 정하섭은 그를 감격적인 말투로 부르고는 "선생님께서는 역시 저의 진정한 선생님이시군요. 저는 선생님께서 아마 의용군으로 나오셨을 거라고 생각했습니다. 그 예상이 완전히 뒤집어졌으니……. 선생님을 존경합니다." 라며 감정을 숨김없이 드러냈다.

"존경은 이 사람아. 이젠 자네 얘길 듣세."

정하섭은 간부 양성 교육을 받으러 북으로 떠난 데서 이야기를 시작했다.

"그 군관학교에서 이학송이란 기자분을 만나 선생님 얘기도 나눴습니다."

"뭐라구?" 김범우는 깜짝 놀라고는 "만주에서 이학송을 만나다니, 정말 세상은 좁구먼."이라며 신기해했다.

정하섭은 이야기를 다시 시작했다.

"……우리 부대는 후퇴하는 병력을 수습해 가며 수원을 지나어느 야산에서 취침하게 되었습니다. 그런데 자는 동안 국방군에게 포위되고 말았습니다. 포위망을 뚫으려고 치열하게 싸웠지만적이 워낙 많았습니다. 저도 그날 포위되지 않았더라면 지금 여기 있을 몸이 아닙니다."

정하섭은 김범우의 말을 흉내 내어 이야기를 끝냈다.

"그렇군, 그래."

김범우가 웃음을 터뜨렸다. 정하섭도 함께 소리 내어 웃었다.

"선생님, 몸조리 잘하십시오. 앞으로 자주 찾아뵙겠습니다."

"오랜만에 재미있었네. 찾아와 줘서 고맙네."

김범우는 그의 수용소 생활에 대해서는 묻지 않았다. 묻지 않는 게 서로를 보호하는 길이었다.

정하섭은 열흘쯤 간격으로 찾아왔다. 예상대로 그는 '62수용소'의 조직부책이었다. 그런데 그는 안부만 확인할 뿐 자신을 조직의 일에 연결시키지 않았다. 김범우는 그 이유를 두 가지로 짐작했다. '선생'이라는 점과 '건강'이라는 점이었다.

그런데 수용소에 휴전회담이라는 태풍이 몰아닥쳤다. 그 소식을 계기로 포로 교환 문제가 표면으로 드러났고, 거기에 맞춰 사상 대결이 노골화되었다. 그 두 가지 문제는 모든 수용자들과 직결된 문제였다.

그러나 휴전회담은 이제 시작일 뿐이어서 포로 교환 문제는 물론이고 다른 문제들도 구체화된 것은 없었다. 그럼에도 수용소에는 격랑이 일었다. 같은 포로끼리 그런 대결 양상을 보이는 것은 어떤 전쟁에서든 나타나기 어려운 현상이었다. 그 현상은 이 전쟁의 특성을 그대로 보여 주는 것이었다.

20

빼앗겨 가는 해방구

마당바위는 빼어나게 잘생긴 바위 봉우리였다. 산줄기 위에 우뚝 치솟은 그 모습은 장중하고 장쾌했다. 그 봉우리는 여러 개의 바위로 이루어진 게 아니라 봉우리 자체가 하나의 어마어마하게 큰 바위였다. 그 벼랑바위를 어렵사리 오르면, 그 위에는 놀랍게도 300여 평을 헤아리는 '마당'이 질펀했다. 그런데 또 무슨 조화인지 그 마당은 '바위 마당'이 아니고 '흙 마당'이었다. 그러니까 넓은 바위가 흙을 담고 있는 격이었다. 그 흙에 갈대·소나무·풀들이 자라고 있었다. 그런데 그곳은 명당으로 소문나 언제부턴가 묘 하나가 한구석에 자리 잡고 있었다. 그 묘는 가까운 마을 사람들의 손에 무수히 파헤쳐져 왔다. 그런데도 그 자리에는 또 봉분이 솟고는 했다. 마을 사람들이 괭이며 삽을 가지고 마당바위로 치달아 오르는 것은 가뭄이 심하게 들어 논바닥이 짝짝 갈라지고, 개울이 말라 붕어들이 배를 하얗게 까뒤집는 해였다. 비를 기다리다 못해 굶어 죽게 될 위기가 닥치면, 사람들은 문득 마당바위에 또 누군가가 묘를 썼다는 것을 깨닫고는 했다. 마을 사람들은 인정사정없이 그 묘를 파헤쳐 버렸다. 그리고 그 자리에서 기우제를 지냈다. 그 자리는 명당이지만, 묘를 써서는 안 되는 명당이었다. 그 자리에 묘를 쓰면 하늘에서 내리는 혈을 끊게 되어, 그 피해가 백아산 언저리의 모든 사람들에게 미치게 되어 있었다. 묘를 그렇게 파헤쳐도 주인이 나타나는 일은 없었다. 또 그 묘에서 뼈가 나오기는 해도, 썩어 가는 시체가 나온 일은 없었다. 남몰래 도둑묘를 쓴 사람이 얼굴을 드러낼 리 없었고, 그 깎아지른 바위 위로 관을 옮길 수는 없으니까 집안의 오래된 묘를 이장하는 방법을 썼던 까닭이었다.

마당바위는 묘를 쓰는 데만 명당이 아니었다. 빨치산에게나 토벌대에게나 그것은 천연 망루고 초소였다. 백아산 지구에서 그것을 빼앗기자 토벌대는 곧바로 거기에 병력을 배치했다. 마당바위를 빼앗겼다는 것은 백아산 지구로서는 안방 문을 다 열어 놓고 있는 셈이나 마찬가지였다. 그들은 마당바위를 다시 빼앗지 않을 수 없었다. 그래서 두 차례 공격으로 기어코 마당바위를 다시 차지했다. 그러나 토벌대라고 가만있지 않았다. 그들은 세 번째 싸움에서 다시 밀려나고 말았다. 다시 빨치산들은 네 번째 공격을 준비했으나 실행에 옮길 수 없었다. 토벌대가 남아 있는 해방구반을 마저 없애겠다는 듯 지난번 장마 때 공격처럼 막강한 병력과 화력을 동원해 밀어닥쳤던 것이다.

박격포 탄이 날아들어 해방구를 뒤집어엎고 있는 속에서 빨치산들은 물러서지 않을 수 없었다. 그들이 일단 배수진을 친 곳은 해방구와 경계를 이루며 길게 뻗은 산줄기의 고지들이었다. 백아산보다 낮은 그 봉우리들에 빨치산이 붙인 이름은, 따발 고지·폭탄 고지·승리 고지·강철 고지·인민 고지 등이었다. 박격포 탄의 피해에서 벗어나기 위해 임시로 물러섰다 해도 일단 해방구를 모두 적에게 내준 것이나 다름없었다.

강철 고지에 배치된 조원제는 무척이나 울적했다. 마당바위를 빼앗긴 지는 이미 오래고, 이제 반 남은 해방구마저 빼앗기지 않을까 하는 불안을 떼칠 수가 없었다. 토벌대는 막강한 화력을 앞세워 각 지구를 차례로 돌아가며 공략하고 있었다. 이쪽의 병력소모를 꾀하면서, 해방구를 파괴하려는 이중 작전이었다. 적들의 집중 공격에 지구마다 큰 피해를 입고 있었다.

박격포 공격이 뜸해지고 있었다.

"어이, 저기 좀 보소."

"잉, 영판 많은갑는디?"

"아마 그런감마. 줄줄이시."

긴장된 수군거림이 들려왔다. 조원제는 무등촌 쪽을 바라보았다. 토벌대가 멀리서 밀려들고 있었다. 그들은 일제히 몰려들면서 길이든 밭이든 가리지 않고 무지르고 있었다.

그들이 논을 피하는 것은 물 때문이었다.

"저런 개녀러 새끼들, 밭농사 다 망치네웨."

"적성 마을 사람들 농사인디, 저것들이 뭐가 아까울 것이여."

"허기는 그려. 해방구 마을 사람도 저 새끼들은 다 빨갱이로 몰아 때리니께."

"잡새끼들, 참말로 인민의 적이여."

조원제는 눈으로는 몰려오는 토벌대를 보면서, 귀로는 대원들의 말을 듣고 있었다. 적들은 해방구 안에 있는 마을을 적성 마을이라고 했고, 그 마을 사람을 적성 분자라고 해서 빨치산과 똑같이 취급했다. 그리고 해방구에 가깝거나 빨치산의 영향력이 미치는 마을을 통비 마을이라고 했고, 그 마을 사람들을 통비 분자라고 부르며 불온시했다. 적성 마을 사람들은 남녀노소를 가리지 않고 잡히면 살해되었고, 통비 마을 사람들은 언제나 의심받고 걸핏하면 잡혀가 혼쭐이 났다. 그 때문에 해방구 사람들을 완전히 피신시켜 마을들은 텅 비어 있었다. 지난 장마 때의 전투에서는 피신이 늦어져 꽤 많은 마을 사람들이 죽었다. 그때 살아남은 사람들은 모두 해방구로 피해 와 투쟁 인민이 되었다. 적들의 용어로 적성 마을 사람들은 빨치산에게 세금이나 내니까 그렇다 치더라도, 저희들이 마음대로 정한 통비 마을 사람들은 그 고초가 딱하기만 했다. 그렇다고 지구들이 그들까지 보호하기는 어려웠다.

토벌대가 마을을 수색하는 것이 아까보다 가깝게 보였다. 조원제는 토벌대의 수를 어림으로 헤아려 보았다. 이쪽의 두 배는 될 듯싶었다.

"워메, 저것 불 지르는 것 아니라고!"

"저런 잡녀러 새끼들이!"

"저것을 어쩐다냐! 마을을 불살라 버리면 해방구는 없어지는 것이제."

토벌대가 첫 번째 마을에서 불붙인 짚단을 들고 오락가락하는 것이 보였다. 조원제는 가슴이 화끈하게 뜨거워지면서 증오심이 치솟았다. 빨치산의 씨를 말린다며 산을 태우는 것까지는 보아 넘길 수 있었다. 그러나 집까지 무작정 태우는 것은 사람을 무작정 죽이는 것과 마찬가지였다. 역사가 뭔지도 모르는 새끼들! 인간이 왜 평등해야 하는지 단 한 번도 생각해 보지 않은 새끼들! 반민족 세력에게 이용당하는지도 모르고 날뛰는 새끼들!

"중대별로 돌격대 다섯 명씩 긴급 차출! 중대별로 돌격대 다섯 명씩 긴급 차출!"

연락병이 다급하게 반복하고는 다음 중대 쪽으로 달려갔다.

조원제는 순간적으로 가슴이 툭 트였다. 중대장이 이쪽으로 빠르게 오고 있었다.

"싸게 조직혀 주씨요."

중대장이 말했다.

"하먼이라."

조원제는 고개를 끄덕였다. 조직과 작전에 관한 권한과 책임은 정치일꾼에게 있었다.

"동무들, 싸게 모이씨요!"

조원제는 좌우를 둘러보며 중대원들에게 말했다. 중대원들이 신속하게 모였다.

"동무들, 시방 적들이 인민의 집을 불 지르고 있소. 인민 해방을 위해 나선 우리가 어찌 저런 만행을 보고만 있겠소. 영웅적 투쟁에 나설 돌격대 다섯 명 자원혀 주씨요!"

조원제는 박진감 넘치게 짧은 선동 연설을 했다. 선동 연설은 행동을 촉발시키고, 용기를 북돋우는 힘을 발휘해야 했다. 그건 문화부 중대장의 책임이고 능력이었다.

"여기요."

"나요."

여기저기서 대원들이 일어섰다.

"다섯, 되었소. 남은 세 대원은 앉으씨요."

조원제는 다섯 명을 중대장에게 넘기고 급히 연대장 쪽으로 이동했다. 중대원을 재배치하고 조원제가 막 돌아서는데 강경애가 남자 대원들과 함께 지나가고 있었다. 눈이 마주치자 강경애는 눈을 찡긋해 보였다. 조원제도 웃어 보였다. 강경애는 조원제에게 은근히 누나 노릇을 하려 들었다. "조 동무는 얼굴도 이쁘장허고 나이도 내 동생뻘인디, 어찌 그리 연설을 야물딱지게 잘허고, 당이론에도 훤헌지 모르겠소. 나헌테 조 동무 같은 동생이 하나 있었으면 좋겠는디?" 강경애는 어느새 말까지 놓고는 살살 웃었다. "그럽시다." 해 버리면 당장 누나 동생이 맺어질 판이었지만 조원제는 웃어넘기고 말았다. 산에 해방 투쟁을 하러 들어왔지 의형제나 맺으러 들어온 게 아니고, 그런 행위는 당규에도 어긋났다. 전사와 전사는 상호 신뢰와 존경으로 대등한 관계를 유지하며 인민을 위해 몸 바치게 되어 있었다. 문화부 중대장으로서 그 규정을 어기고 사적 관계를 맺을 수는 없었다. 조원제는 원칙에 위배되는 일은 스스로도 하지 않았고, 다른 대원들에게도 엄했다. 그는 자신에게 붙은 '대꼬챙이'란 별명을 흉으로 여기지 않았다. 강경애의 호의는 좋았지만, 그 호의는 어디까지나 대원 간의 상호 존경으로 남기를 바랐다.

"야이 호로 개아들 놈들아! 여기 무당 아들 장칠봉이가 나간다—."

컬컬한 목소리가 〈육자배기〉 가락인 듯 어기차게 터지며 징 소리가 울렸다. 모든 눈길이 그쪽으로 쏠렸다. 폭탄 고지에서 장칠봉이 신바람 나게 징을 치고 있었다. 장칠봉은 무당의 아들이었다. 그가 치는 징도 자기 어머니가 쓰던 것이라고 했다. 그는 싸움이 시작되기 직전에 그렇게 목청을 뽑으며 한바탕 징을 두들기는 것으로 유명했다. 그래서 그는 이름보다 '무당 아들'로 유명했다. 조원제는 그가 자신의 비천했던 신분을 일부러 드러내는 심리를 충분히 이해했다. 그의 행위는 자신이 천대받고 살아온 저쪽 세상과 자기를 멸시하던 자들에 대한 증오의 표현이었다. 그리고 이제 과거의 신분이 오히려 떳떳한 삶의 조건이 된 상황에서 자기를 마음껏 드러내고 싶어 하는 마음도 엿보였다. 그런 것들이 다 모여 그를 남다른 투쟁력을 가진 전사로 만들고 있다고 조원제는 생각했다. 한바탕 어우러지는 그의 징 놀이는 싸움을 앞둔 대원들의 사기를 북돋는 데 단단히 한몫을 했다.

징 소리의 여운이 아직 대원들의 가슴에 남았는데 돌격대는 벌써 조를 이루어 산비탈을 달려 내려가고 있었다. 조원제는 나무들 사이사이를 기민하게 빠져 숲 속으로 모습을 감추는 그들을 지켜보고 있었다.

산을 벗어난 돌격대는 흩어진 채 적들을 향해 달려갔다. 그러면서 총을 쏘기 시작했다. 집 서너 채가 시꺼먼 연기를 뿜으며 불길에 싸였다. 갑자기 터지는 총소리에 당황한 토벌대들이 엎드리고 흩어지고 하며 대열이 헝클어졌다. 그러나 토벌대도 곧 반격을 시작했다. 마을에 있던 토벌대가 모두 밖으로 뛰쳐나오고 있었다.

돌격대는 뛰기를 멈추고 은폐물을 찾아 몸을 숨겼다. 토벌대도 질서 잡힌 공격을 시작했다. 돌격대는 토벌대가 다가서는 만큼씩 뒤로 물러섰다. 그건 마을에 불을 못 지르게 하려는 방해 작전이면서, 적을 산 쪽으로 끌어들이려는 유인작전이었다. 토벌대가 갑자기 돌격전을 펼치기 시작했다. 돌격대는 기민하게 뒤로 빠지면서 간격을 유지했다. 토벌대가 차츰 산줄기 쪽으로 가까워졌다. 밭두렁을 타 넘고, 논두렁에 은신하면서 뒷걸음질 치던 돌격대는 마침내 산으로 숨어들었다. 그러는 사이에 토벌대는 마을을 두 개나 그냥 지나쳤다. 돌격대의 작전이 보기 좋게 성공을 거둔 셈이었다.

토벌대는 산 아래서 부대별로 공격 준비를 갖추고 있었다.

조원제는 마른침을 삼켰다. 토벌대의 수는 어림잡아 이쪽보다 세 배는 많아 보였다. 그리고 경찰보다 군인이 훨씬 많았다. 군인은 경찰과는 싸우는 방법이 사뭇 달랐다. 군인들은 화력도 셀 뿐만 아니라 과감하고 직선적이었다. 공격과 후퇴가 신속하고 분명했고, 고지 공격에도 정면 돌파를 감행했다. 그 때문에 이쪽에서는 화력의 열세를 더 심각하게 느껴야 했다. 해방구를 놓고 벌어지는 이 싸움은 서로가 양보할 수 없었다. 대규모 병력을 동원한 것에서 해방구를 없애고야 말겠다는 적들의 결의를 읽을 수 있었다. 그에 맞서 이쪽에서도 해방구를 꼭 지키고야 말겠다는 결의가 더 뜨겁게 타오를 수밖에 없었다.

토벌대가 공격을 개시했다. 그들은 한꺼번에 병력을 투입해 고지마다 일제히 공격을 시작했다. 희생을 감수하고라도 빨리 결판을 내겠다는 공격법이었다. 그건 병력과 화력의 우세만을 믿고 몰아치는 것으로, 힘만 있는 씨름꾼의 우직한 씨름과 같았다. 그러나 싸움이란 작전에 앞서 병력과 화력이 우선이라는 엄연한 사실과 함께 그런 공격의 위력을 무시할 수는 없었다. 조원제는 빨치산 전법 중에서 어떤 것이 맞을까 머리를 굴려보았다. 그건 첫 번째인 적진아퇴(敵進我退)였다. 힘으로 밀어붙이는 적을 일단 피하면서 골탕을 먹이고, 상황에 따라 네 번째 전법인 물러나는 적을 공격하는 적퇴아진(敵退我進)을 쓸 필요가 있다고 생각했다.

토벌대의 모습이 나무와 풀 들 사이로 얼핏얼핏 나타나더니 총소리가 난무했다. 조원제는 총을 단단히 잡았다.

"지도원 동지, 지도원 동지!"

조원제는 고개를 뒤로 홱 돌렸다.

"연대 지도원 동지 호출이구만이라."

허리를 반으로 접어 몸을 낮춘 연락병이 단내를 풍기며 말했다.

"이, 알겠소."

조원제는 새로운 작전 지시라는 것을 직감하며 몸을 일으켰다.

"윽!"

서너 걸음을 옮긴 조원제가 비명을 물며 왼손으로 옆구리를 잡았다. 순간적으로 그의 몸이 앞으로 휘청 꺾였다가 바로 세워졌다.

"지도원 동지! 어째 그러요?"

연락병이 조원제에게 황급히 다가섰다.

"옆구리가 뜨끔했는디, 내가 총 맞었으까?"

조원제는 태연한 것도 아니고 놀란 것도 아닌 얼굴로 말했다.

연락병이 조원제의 손을 왼쪽 옆구리에서 떼어 냈다.

"워메, 당혀 뿌렀소!"

연락병의 큰 목소리가 탄식처럼 터졌다. 워째? 근디 내가 어째 요러크름 꼿꼿하게 서 있다냐? 빵꾸는 안 난 모양인가? 조원제는 이런 생각을 하며 왼쪽 옆구리를 내려다보았다. 손이 옆구리를 잡고 있었고, 손가락 사이로 새빨간 피가 비어져 나오고 있었다.

"지도원 동지, 어쩐 일이시오?"

연락병과 함께 중대장이 헐레벌떡 뛰어왔다.

"짜잔허게 당혔는갑소."

조원제는 씨익 웃었다.

"싸게 환자트로 가씨요. 피가 심헌디."

"가기는 가야 쓸랑갑소."

"하면이라. 총 인계허시고, 얼렁 쾌차허시요."

"아, 총!"

조원제는 그때서야 자신이 오른손에 총을 들고 있다는 것을 떠올렸다. 총은 입산 이후 단 한 번도 몸에서 뗀 일이 없었다. 잠을 자면서도 품고 잤고, 밥을 먹으면서도 어깨에 걸치고 먹었고, 똥을 누면서도 앞에 세워 잡았던 총이었다.

총을 받으며 중대장이 경례했다. 조원제도 맞경례를 했다. 그 순간, 내가 당하다니! 하는 생각이 가슴을 찡 울렸다. 이대로 끝날 수는 없다. 기필코 화선으로 다시 돌아올 것이다. 그는 차츰 심해지는 적들의 총소리를 들으며 이를 맞물었다.

늦더위가 기승을 부리는 8월 하순을 고비로 각 지구들은 해방구를 잃어 갔다. 1년 동안 해방구를 발판으로 삼았던 지역 확보 투쟁을 산악 이동 투쟁으로 전환하지 않을 수 없었다. 그건 군인들이 토벌대로 투입되면서 일어난 피할 수 없는 상황이었다. 잃은 것은 해방구만이 아니었다. 병력 손실도 함께 겪었다. 그러나 빨치산들은 그것을 패배로 여기지 않았다. 자기들이 해방구를 잃은 대신 저 위쪽 전투에서는 그보다 훨씬 넓게 인민의 땅을 확보해 가고 있다고 믿었고, 자기네가 다치고 죽는 만큼 그쪽 인민군 전사들의 생명은 지켜지고 있다고 믿었다. 그런 유대감 속에서 그들은 용기를 잃지 않았다.

해방구를 잃은 것이 그 지역을 토벌대에게 완전히 빼앗겼다는 뜻은 아니었다. 안전지대가 불안 지대로 바뀌어 지구의 조직 부서들이 다른 데로 옮긴 것을 의미할 뿐이었다. 경찰도 힘이 모자라 그 지역을 완전히 장악하지는 못했다. 그래서 '낮에는 대한민국, 밤에는 인공'이라는 말이 그곳에 적용되었다.

천점바구 중대가 후방 대원들을 지원하고 있는 것도 해방구의 상황 변동에 따른 것이었다. 천점바구네는 후방부 대원들이 굴 파기 작업을 하는 동안 경계를 맡았다. 굴 파기는 돌덩이로 뒤덮인 너덜겅 밑에서 진행되었다. 사흘 밤째 파고 있는 그 굴은 곡식 저장 창고였다.

너덜겅의 돌들을 몇 개 들어내고 땅을 파서 널찍한 굴을 만들었다. 굴 내부는 병기과 비트나 마찬가지였고, 곡식 창고라 한결 넓었다. 그리고 곡식에 습기가 차지 못하도록 사방에 배수로를 팠다. 굴을 다 파고 나서 처음에 들어냈던 돌들을 제자리에 놓으면 감쪽같이 출입구가 가려졌다.

굴을 팔 때 가장 큰 골칫거리는 흙이었다. 굴을 감추려면 흙을 파낸 흔적을 남겨서는 안 되었다. 그래서 굴을 파는 인원보다 흙을 내다 버리는 인원이 몇 배 더 많았다. 흙을 한 곳에 버리지 않고 여기저기 흩뿌려 아예 토벌대가 알아볼 수 없게 해야 했다.

천점바구 중대원은 흙을 내다 버리는 후방 대원들을 경계해 주고 있었다.

"굴이 영판 큰가 보요이?"

외서댁이 천점바구에게 소곤거렸다.

"그런갑소."

"여기가 어디쯤입디여?"

"모르는 것이 약이오."

"이, 냅두씨요."

외서댁은 '비밀'이라는 것을 금방 알아들었다. 몰라야 될 것을 아는 것도 병이었다. 남모르는 것을 알고 있으면 입을 놀리고 싶어지고, 입을 놀리면 그것이 화근이었다. 그녀는 당이 비밀에 부친 일을 알고 싶은 생각이 털끝만큼도 없었다.

굴을 판 후방부 대원들도 그 위치를 몰랐다. 어두울 때 작업장에 와서 어둠 속에서 작업장을 떠났던 것이다. 모든 비트는 만들어지는 과정부터 그렇게 철저히 보안이 지켜졌다.

작업조의 경계를 책임 맡고 있는 천점바구는 요즈음 돌아가는 형편이 구빨치 시절인 재작년 겨울 같다고 생각했다. 그때 겨울이 시작되면서 토벌대는 맹렬하게 공격을 하며 산을 떠나지 않았다. 밤에는 산에서 멀찍이 떨어져 야영을 하고, 날만 밝으면 산을 헤집고 다녔다. 밤에도 길목마다 매복을 쳐 산과 산을 차단하는 작전을 펼쳤었다. 토벌대는 요즈음 그때와 똑같은 작전으로 나왔다. 그만큼 병력도 화력도 강하다는 뜻이었다. 그런 작전에서 가장 큰 위험은 포위당하는 것이었다. 적의 수가 워낙 많아서 자칫 잘못하면 포위당하기 십상이었다. 그다음 위험이 매복에 걸리는 것이었다. 숨어서 이쪽을 노리고 있는 매복에 걸리고도 사상자를 내지 않기란 어려웠다. 재작년 겨울에 비하면 이쪽 병력도 막강했지만 토벌대하고는 비교가 되지 않았다.

어둠 속 멀리서 풀벌레 소리가 들려왔다. 그 소리에 가을이 실려 있었다. 저것들은 잠도 안 자는가? 그는 문득 생각했고, 그 생각이 싱거워 픽 웃어 버렸다. 저것들 세상에는 사람 세상 같은 차등이나 계급이 없겠제? 그렇게 해방 투쟁도 없을 것이고. 그려도 사람으로 사는 것이 낫제. 투쟁혀서 새 세상 맹글어 내는 맛도 있고. 하여튼 사내자식 목숨 내걸고 한바탕 혀 볼 만헌 일이여. "와따! 낫 놓고 기역 자도 모르던 니가 술술 책을 읽게 가르쳐 놓

182

다니, 그 좌익 허는 사람들 참말로 기막히시! 내가 나이 먹어서 나설 수는 없고, 니가 내 몫까지 싹 다 혀 뿌러라." 전쟁이 일어나고 하산해서 아버지 이름을 써 보이고, 책을 읽어 내자 아버지가 무릎을 치며 한 말이었다. 그러고 나서 아버지는 염상진 대장에게 생간을 대접하기로 했던 것이다.

천점바구는 당원이 되었다는 사실도, 중대장 노릇을 하는 것도, 그리고…… 여중학교 나온 여자가 자기를 좋아한다는 것도 아버지에게 다 알리고 싶었다. 백정의 아들이라고 평생 백정질만 하다가 죽는 것이 아니라, 백정의 아들도 이렇게 사람대접 받으며 사는 세상이 있다는 것을 보여 드리고 싶었다.

"천점바구 동무, 당원이 된 것을 진심으로 축하하오. 심사 과정에서 다 검토되었지만 다시 한 번 요약하겠소. 당원은 권리를 주장하는 자격이 아니라 의무를 수행하는 자격이오. 당원은 특권을 누리는 자격이 아니라 의무를 수행하는 자격이오. 그리고 당원은 인민을 위해 모든 짐을 지는 자격이며, 당을 위해 생명을 바치는 자격이오. 이 점 명심하고 더욱 열정적으로 투쟁하기 바라겠소."

당원이 되던 날 안창민 동지가 악수를 한 채 해 준 말이었다. 하늘까지 뛰어오르고 싶었던 감격과 함께 그는 그 말을 가슴에 아로새겼다. 그리고 그 말을 한 치의 어긋남도 없이 실천하려고 애써 왔다.

"중대장 동무, 일 다 끝냈구만이라."

후방부 특무장이 다가와 속삭였다.

"알겠소. 날이 새고 있응께 싸게 뜹시다."

천점바구는 총과 함께 어깨를 추슬렀다.

만일의 사태에 대비해 중대원을 삼등분하고, 작업조도 삼등분해서 인솔 책임을 분담시켰다.

"제1 비상선 할메봉, 제2 비상선 비륵봉이오."

천점바구는 '빨치산의 생명선'이라고도 하는 비상선을 두 군데 정해 주었다. 돌발 사태를 당해 대원들이 흩어지더라도 제1 비상선에서 다시 합류하고, 그렇지 못한 대원은 또다시 제2 비상선에서 합류하게 되는 것이었다. 비상선 설정은 모든 행군에 앞서 내려지는 빨치산의 절대 수칙이었다.

맨 앞에 선 천점바구는 산굽이를 돌아 다음 산굽이로 건너가려다가 머리끝이 쭈뼛 곤두섰다. 그건 분명 사람 냄새였다. 아니, 그냥 사람 냄새가 아니라 토벌대 냄새였다. 몸을 바짝 낮춘 그는 검지를 입속으로 쑥 밀어 넣어 침을 발랐다. 그리고 그것을 꼿꼿하게 세우고 신경을 모았다. 손가락에 느껴지는 바람의 방향은 분명 그쪽이었다.

그는 적정이 있으니 무장 병력은 앞으로 나오고, 비무장은 뒤로 빼라는 수신호를 보냈다. 그리고 건너편 어둠을 유심히 살폈다. 풀숲일 뿐 매복을 칠 만한 곳은 아니었다. 바위나 무덤이 있지도 않았다. 굳이 따지자면 산굽이와 산굽이의 사이라는 점뿐이었다. 매복은 거의가 은폐물을 끼게 마련이고, 다리나 개울둑 같은 데 많았다. 그런데 매복이 있을 것 같지 않은 전방에서 냄새가 끼쳐 온 것이다. 그 냄새는 순간적일 뿐, 다시 맡으려 하면 나지 않았다.

천점바구는 중대원들이 앞으로 나온 것을 확인한 다음 돌을 몇 개 집었다. 그리고 한 개를 던졌다. 이어서 두 개를 한꺼번에 던졌다.

탕! 타당, 탕!

어둠 속에서 총소리가 터졌다.

"1조, 사격 개시! 2·3조, 후방대와 선 잡아라!"

천점바구는 신속하게 명령했다. 비무장부터 뒤로 빼돌려야 했다. 이쪽에서도 사격을 시작했다. 새벽 어둠을 양쪽 총소리가 찢고 있었다. 천점바구는 적진의 총소리에 귀를 기울였다. 적의 수가 적지 않은 것 같았다. 적이 이쪽의 수를 알아차리기 전에 작전을 바꿔야 했다. 어물거릴 여유가 없었다.

"흩어져서 왼쪽 산으로 붙는다. 출발!"

명령이 떨어지기 무섭게 그들은 왼쪽 산으로 흩어져 뛰기 시작했다. 적을 산으로 유인해 비무장 대원들이 안전하게 피할 수 있도록 하자는 것이었다. 그들이 산 중턱에 이르렀을 때 총알이 날아오기 시작했다. 동녘 하늘이 희붐하게 트이고, 어둠도 많이 묽어져 있었다.

"쫓아라!" "잡아라!"

총소리와 함께 아래서 터진 소리였다. 그들은 산을 치달아 올라 야산을 금방 넘어섰다.

"왼쪽으로!"

천점바구는 비탈을 옆으로 달렸다. 적이 산등성이에 오르는 동안 시야에서 완전히 벗어날 생각이었다.

그들은 두 개의 야산 옆구리를 타고 돌아 큰 산줄기로 접어들며 숨길을 돌렸다.

"워메, 외서댁 동무 어쩐 일이다요!"

누군가의 말에 천점바구가 몸을 돌렸다.

"어째 그러요?"

어리둥절해 있는 외서댁의 오른쪽 목덜미와 어깨가 피범벅이었다. 귀에서 핏방울이 뚝뚝 떨어졌다.

"어디 봅시다."

천점바구가 외서댁에게 다가섰다.

"어째, 내가 어디 상혔소."

외서댁이 의아해하며 천점바구를 보았다. 천점바구는 귀를 살펴보았다. 귓불이 없어지고, 그 자리에서 피가 떨어지고 있었다.

"요것 참, 귓밥이 떨어져 나갔소."

"귓밥이?" 외서댁이 놀라는 것 같더니 "잘되야 부렀소. 밥도 안태이게 혀 준 귓밥, 달고 댕기면 뭐헐 것이오. 무겁기만 허제."라며 태연하게 말했다.

"허! 말 한번 요상허요이. 꼭 배짱 센 남자맹키로."

천점바구는 시무룩하게 말하며 손수건을 꺼냈다.

"나야 빨치산잉께."

외서댁이 씨익 웃으며 손을 귀로 가져갔다.

"손대지 마씨요, 피 나고 있응께."

천점바구가 외서댁의 팔을 붙들었다. 외서댁이 귀가 다친 것을 까맣게 모르고 있다는 것을 천점바구는 이상하게 생각하지 않았다. 팔에 총을 맞고 쫓기다가 나무를 붙들려고 하는데 팔이 말을 안 들어 총 맞은 것을 아는 사람도 있었고, 엉덩이에 총을 맞은 채 싸우다가 옆 사람이 피를 보고 말을 해서야 아는 사람도 있었다. 숨 막히게 돌아가는 전쟁터에서 자기가 다친 줄 모르는 사람은 흔했다.

21

호산댁

김미선은 몸부림치고 있었다. 두 달 안에 200자 원고지 1천 장. 그것은 목숨을 담보 잡은 채 앞을 가로막고 있는 장벽이었다. 그 장벽 앞에 무릎 꿇은 그녀는 나날을 몸부림 속에서 소모하고 있었다.

원고지 1천 장을 두 달 동안 써내려면 하루에 16장 반씩 써야 했다. 분량으로 따지자면 많은 양이 아니었다. 그런 분량의 글을 매일 쓰는 것쯤은 이미 기자 생활을 통해 숙달되어 있었다. 그러나 아무리 원고지 칸을 메우려 안간힘을 써도 그 솜씨는 살아나 주지 않았다. 마음의 움직임 없이는 글이 써지지 않는다는 사실을 김미선은 매일같이 붓방아를 찧고, 원고지를 쥐어뜯으며 새삼스러운 처절함으로 느끼고 있었다.

"참회하면서 전향적 내용으로 쓰시오!"

어느 집으로 장소를 옮기고 나서, 소설가 이 아무개가 내린 명령이었다.

민족을 위해 혁명은 기필코 이루어야 한다는 생각을 버릴 수 없는 한 참회란 있을 수 없었다. 그러나 자신의 목숨뿐만 아니라 두 아이의 목숨까지 올가미에 걸려 있었다. 전향 수기는 곧 혁명의 부정이고, 당에 대한 배반이며, 스스로에 대한 기만이었다. 참회를 할 마음은 추호도 없고, 두 자식의 목숨은 걸려 있고, 그 틈바구니에서 그녀는 몸부림쳐야 했다.

그래, 거짓말로 쓰자……. 잘못한 척 시늉을 하자……. 신도들의 몰살을 앞에 놓고 십자가를 발로 밟았다는 어느 목사처럼……. 아니야, 그 목사와 난 달라, 신이란 어차피 있지도 않은 허황한 거니까 밟아도 그만이지만, 내가 하는 행위는 엄연히 존재하고 있는 당에 대한 배반이야. 믿음과 희생으로 이루어진 동지들의 집합이 곧 당인데, 동지들을 욕되게 할 수는 없다. 수기는 책을 만들어 선전용으로 이용하려는 것 아닌가. 책으로 찍혀 세상에 널리 퍼져 버리면 거짓말로 쓴 이야기가 참말로 둔갑하고 마는 것이었다.

"휴전회담이 본격적으로 열리고 있소. 딴생각 말고 부지런히

쓰시오."

이 아무개는 처음에는 이런 식으로 부드럽게 말했다. 그러나 사흘거리로 몇 차례 들를 때마다 아무런 진전이 없자 태도를 바꾸었다.

"정말 이럴 거요? 당장 감방으로 돌아가고 싶소!"

그는 노기를 띠며 노려보았다. 그러다가 다시 태도를 바꾸어 설득하려 들었다.

"허무하게 살다 가는 짧은 인생, 사상이나 이념을 따져서 뭘하자는 겁니까. 그런 걸 따지나, 안 따지나 인생이 죽음 앞에서 허무한 빈손이기는 매일반 아닌가요. 더욱이 김미선 씨는 애가 둘이나 딸린 여자 아닌가요. 그저 애들 생각하면서 겪었던 대로만 쓰세요. 빨리 써 버리고 자유의 몸이 되어 아이들 데리고 살아야지 무슨 말라빠진 사상입니까? 더구나 그 사상이 이뤄질 가망은 전혀 없습니다. 그리고 내가 기다리는 데에도 한도가 있습니다. 날짜를 연기하는 건 내 권한이 아닙니다."

김미선은 대꾸하지 않았다. 그가 내세우는 인생 허무주의는 철저한 봉건적 지배 논리였으며, 기득권 세력을 옹호하는 논리였다. 어차피 허무한 인생이니 그저 그렇게 한평생 살아가자는 그 말은 무척 초연한 것 같지만 사실 그 속에는 간교한 함정이 있었다. 인생은 어차피 허무한 빈손 아니더냐……. 아주 감상적이기도 하고

철학적이기도 한 이 읊조림이 사람들에게 심어 주는 것은 체념과 패배주의였다. 그 체념과 패배주의 위에서 지배계급은 맘껏 권력을 휘두르고, 그와 야합한 기득권 세력은 마음대로 착취를 일삼는 것이며, 이 아무개 같은 부류의 문학을 한다는 자들은 그런 세력에 기생하면서 대중을 더욱 눈멀게 하는 글줄을 써 대는 것이었다. 이 아무개는 바로 주정뱅이들이 게걸거리는 꼴들을 낭만적 허무니, 고독한 인생이니 하며 미화하는 소설을 맡아 놓고 써 대는 자였다.

"좋아! 죽고 싶으면 맘대로 해. 오늘이 마지막이야. 다음번에 와서도 시작을 안 했으면 그땐 가차 없이 보고할 테니까 알아서 해!"

그는 평소의 유순한 듯한 얼굴을 싹 감춘 채 살기를 내뿜으며 소리쳤다.

김미선은 그의 살기 품은 얼굴에서 위기를 실감했다. 그런 기회주의자가 자기에게 닥칠 책임의 위험을 얼마나 날렵하게 피해 버릴지는 짐작할 수 있었다. 날짜를 계산해 보고 정해진 기한까지 글을 써낼 가망이 없다고 판단되면 그자는 주저 없이 이쪽을 수사기관에 넘기고 말 위인이었다.

김미선은 그날부터 원고지를 펼쳐 놓고 앉아 펜촉에 잉크를 찍었다. 일단 겪은 그대로를 적어 나가기로 작정했다. 그렇다고 글이 쉽게 풀리지는 않았다. 한 장을 채우려면 평균 세 장은 찢었고,

어느 대목에서는 자신도 모르게 미군의 잔악성을 욕하고 있는가 하면, 인민군의 고난에 찬 투쟁을 고무적으로 적고 있기도 했다.

김미선은 자기 생각이 빠진 기행문을 쓰느라 진땀을 흘렸다. 감시가 있는 집에서 꼼짝 않고 아침부터 밤늦게까지 써야 가까스로 15장을 채울 수 있었다. 쓰기 싫은 글을 쓰는 것이 얼마나 큰 고역인지 절절하게 느껴졌다. 글을 쓰다 보니 이학송은 곁에 있는 사람이 되었고, 그는 이런 경우에 어떻게 했을까 생각하고는 했다. 어쩌면 자신보다 더 심하게 고통을 당할 것도 같았고, 어찌 생각하면 하루에 몇십 장씩 써 버릴 것도 같았다.

사흘 만에 나타난 이 아무개는 글이 적힌 원고지를 보고 더없이 기분 좋아했다.

"됐소. 시작이 반이니 무조건 쓰시오. 지금 중요한 건 원고지 매수를 늘리는 일이오."

그는 연방 싱글벙글하더니 자리를 잡고 앉아 읽기 시작했다.

김미선은 기분이 상했다. 가지고 가서 읽으라고 내쏘고 싶었다. 그러나 여기는 신문사가 아니었다. 당사자를 앞에 두고 그 사람의 글을 읽는 것은 일종의 실례라서 그러지 않는 것은 신문사에서나 차려지는 예의였다.

그런데 명색이 소설가인 이 아무개는 그런 기본 예의를 아는지 모르는지 미국 담배를 뻐끔거려 가며 원고를 읽고 있었다. 김미선은 눈을 감고 손에 이마를 댔다. 문득 한탄강 강변에 슬픔인 듯 보랏빛 물결을 이루고 있던 들국화 꽃밭이 떠올랐다. 그러면서 이학송의 웃음 담긴 모습이 선연히 떠올랐다. 지금 어디쯤 있을까……. 얼어붙은 몸을 옆으로 감싸 풀어 주면서, 오라버니거니 생각하라고 해 놓고서는, 눈 퍼붓는 통화역을 먼저 떠나면서 뒤돌아보지 못했던 남자……. 지금쯤 어디 있을까…….

"글이 왜 이렇게 물기 없이 딱딱하오."

느닷없이 터진 큰 소리였다. 그녀는 왈칵 놀랐지만 금방 감정을 바로잡았다.

"천 매짜리 수기인데, 좀 물기가 돌게 쓸 수 없소? 이렇게 딱딱해서야 어떻게 끝까지 읽겠소?"

그는 불만스럽게 말했다.

"나는 기자지 소설가가 아닙니다."

김미선은 앞의 벽만 바라본 채 대꾸했다.

"그건 그렇다 칩시다. 그런데 왜 전향의 뜻은 단 한 줄도 볼 수 없는 거요?"

그녀는 눈을 감으며 입을 꼭 다물었다.

"왜, 전향할 뜻이 없다 그거요?"

그녀는 입을 더 꼭 다물었다.

"대답해 봐요. 이따위로 써서는 쓰나 마나요."

그가 그녀의 어깨를 잡고 흔들었다. 다음 순간 그녀의 손이 그의 팔을 뿌리쳤다.

"왜 이래요, 말로만 하세요!"

그녀가 싸늘하게 내쏘며 몸을 발딱 일으켰다. 그의 얼굴에 당황한 빛이 드러났다.

"좋아요, 쓰나 마나라면 안 쓰겠어요. 난 달리 쓸 능력이 없으니까요."

그녀는 상대방을 노려보며 또렷하게 말하고는 그가 읽은 원고지를 와락 움켜잡았다.

"아니, 왜 이럽니까. 됐어요, 그냥 그대로 써요. 다른 건 내가 다 알아서 할 테니까."

그는 허둥지둥 김미선이 움켜잡은 원고지를 맞잡았다.

호산댁은 작은며느리가 나가자 마음이 바빠졌다. 방으로 들어가 손거울을 꺼내 놓고 빗을 집었다. 비녀를 뺀 머리로 빗을 가져가다가 호산댁은 거울에 비친 자기 모습에 눈길이 잡혔다.

참말로 험하게도 늙었다. 불현듯 호산댁의 머리를 스친 생각이었다. 오래되어 금이 간 거울에 얼비친 자신의 늙은 몰골이 썰렁했다. 머리카락이 빠지면서 희어져서 잎 지는 가을 산처럼 혜성했고, 주름살도 더는 들어앉을 자리가 없을 지경으로 얽히고설켜 얼굴을 쪼골쪼골하게 구겨 놓고 있었다. 거기다 이빨까지 무너지면서 입까지 합죽하게 말려드니 더 늙어 보였다. 나도 꽃같이 훤허든 호시절이 있었는디……. 호산댁은 지금 보고 있는 그 손거울에 처음으로 자신의 얼굴을 담았던 때를 떠올렸다. 혼례식 첫날밤을 새우고 처음 낭자머리를 틀던 기억이었다. 그때 새 거울에 비친 자기 모습을 보면서, 남들 눈을 끌게 잘생긴 것은 없어도 곱다는 생각만은 주저 없이 했다. 그 시절이 바로 잡힐 듯 엊그제만 같은데……. 거울도 사람도 함께 늙어 아무짝에도 쓸모없이 흉하게 변한 세월이었다.

호산댁은 어느 결에 감정이 축축하게 젖어 들어 콧물을 들이켰다. 내가 어째 요리 시답잖은 생각이나 허고 앉았다냐. 늙은것이 인제 노망까지 허는갑다. 호산댁은 헛생각에 빠져 시간을 지체했다는 것을 깨닫고는 마음이 더 바빠졌다.

광조가 중학교 들어가기 전에야 내가 죽을 수 없제잉. 고 불쌍헌 것이 우리 집안 장자인디, 내가 어떻게든 오래 살아서 뒷수발을 혀야제. 고것이 즈그 아부지 탁해서 똑똑헌디, 벌써부터 빨갱이 자식이라고 손가락질 당허고 있으니 얼마나 주눅이 들 것이여. 빨갱이도 그냥 빨갱이가 아니라 군에서 제일 높으니, 숨기기를 헐 것이여, 가리기를 헐 것이여. 그려도 광조 애비가 얼마나 똑별난 인물이여. 인공이 길게 가질 못혀서 그렇제, 그때 광조 애비가 일 똑바로 허는 것 보고 입 달린 사람은 다 일정 때부터 이적지까지 군수 중에 제일이라고 허지 않았는감. 순사들허고 부자들이나 광조 애비를 원수로 알제, 가난헌 농사꾼들이나 천헌 사람들이야 다 제일로 치지 않았당감. 나도 그때 서너 달 동안 떠받들리고 대접받은 것으로 장한 자식 둔 어미로 포한을 푼 셈이여. 그때 봉께로 광조 애비 허는 일이 백번 옳아. 사람들이 공평허게 사는 세상이 옳제, 어찌 한 사람 배 터지게 살자고 백 사람, 천 사람이 배곯는 세상이 옳을 것이여. 근디 어째 이승만이는 그 물줄기를 꺼꾸로 돌리자고 염병이여, 염병이. 고 영감탱이가 우리 아들이 고생혀서 맹글어 놓은 살기 좋은 세상을 다 때려 뿌시고 또 문딩이 콧구녕 같은 세상으로 되돌린 것이여. 사람들이 무서워서 말을 안 헝께로 그렇제 맘속에 두고 있는 군수는 우리 큰아들 염상진이여! 하면, 염상진이제!

호산댁은 몸이 뜨거워지며 부르르 떨었다. 인공을 거치면서 그녀는 큰아들의 뜻을 이해하게 되었던 것이다.

치마저고리를 갈아입은 호산댁은 보퉁이를 들고 살금살금 방을 나섰다. 부엌 쪽으로 눈길을 돌렸다. 부엌데기 처녀가 입에 붙은 노래를 읊조리며 빨래를 하고 있었다. 처녀가 노래를 할 때는 불러도 잘 알아듣지 못하기 예사였다. 호산댁은 발끝으로 걸어 빠끔히 열린 대문 사이로 빠져나갔다.

196

잰걸음으로 골목을 벗어난 호산댁은 휴우 긴 숨을 내쉬었다. 그러면서 작은며느리에다 부엌데기의 눈까지 피해 가며 손자를 만나러 가야 하는 자기 신세가 서글펐다. 부엌데기 처녀도 작은며느리가 시집오면서 데려온 아이라서 눈을 피해야 했다.

호산댁은 어느 길로 갈까 망설이다가 뒷길로 마음을 정했다. 작은며느리의 눈을 피하자면 아무래도 큰길보다 뒷길이 안전할 것 같았다.

사람들은 부잣집 딸을 며느리로 들였다고 무척 부러워했다. 그러나 호산댁은 돈으로 호강하는 일도 없었고, 그러기를 바라지도 않았다. 이사를 해 방이 커졌지만 그것도 즐겁지 않았다. 작은 방에서 지내더라도 전처럼 손자 손녀를 마음대로 보러 다닐 수 있기를 간절히 바랐다. 그러나 그건 이제 틀린 일이었다. 작은며느리가 들어오면서 손자를 만나러 다니는 발길이 막히리라고는 생각조차 못했다.

작은며느리는 새살림을 시작하고 며칠이 지나도록 큰집에 인사 갈 눈치를 보이지 않았다. 작은아들도 그런 낌새가 없기는 마찬가지였다. 큰아들이 집을 비우고 있어도 큰집은 어디까지나 큰집이었다. 제사도 엄연히 큰집에서 모시고 있는데, 손윗사람에게 그럴 수는 없었다. 호산댁은 아들 내외 앞에서 어렵게 입을 열었다.

"작은애기야, 큰집 동서헌테 인사 걸음 한번 혀야 쓰지 않겠냐?"

아들이 무슨 소리를 것지를지 몰라 일부러 며느리에게 말을 붙였다.

"워메 어무님, 시방 제정신으로 허는 말씀이다요?"

며느리가 눈을 똑바로 뜨며 내쏜 말이었다.

"고, 고것이 무슨 소리여……."

며느리의 그 당돌한 태도에 당황한 호산댁은 말을 더듬거렸다.

"우리 아부지, 오빠 죽인 것이 누군지 몰라서 나헌테 고런 소리를 허요? 나헌테는 남편만 있제 큰집이고 지랄이고 없어라. 간신히 참고 사는 가슴에 불 지르지 마씨요."

눈을 부릅뜬 며느리가 퍼부은 소리였다. 가슴이 덜컹 내려앉은 호산댁은 멍하게 앉아 있었다.

"엄니는 어째 그리 눈치코치도 없소. 아는 것이 없으면 해 주는 밥이나 먹고 소리 없이 앉았을 것이제."

작은아들이 벌컥 화를 냈다.

"아니여, 아니여. 내가 아무것도 모르고 헌 소린께 없던 일로 혀, 없던 일로."

겁 질린 호산댁이 다급하게 말했다.

"보씨요, 그 집구석 아그들 우리 집에 발길 못허게 허라고 혀 주씨요."

작은며느리가 작은아들에게 한 말이었다.

"알겄어." 작은아들은 고개를 끄덕이고는 "엄니, 그 집구석 아그들 얼씬도 못허게 허씨요." 하고 큰 소리로 말했다. 호산댁은 작은아들의 기세에 눌려 그저 고개를 끄덕였다.

"그리고 어무님도 그 집구석에 발길 안 허게 혀 주씨요."

작은며느리가 또 작은아들에게 한 말이었다.

"항, 그래야제. 엄니, 인제부터 그 집구석에 걸음 끊으씨요."

호산댁은 또 고개를 끄덕일 수밖에 없었다.

자기 방으로 돌아온 호산댁은 머리를 방바닥에 박고 느껴 울며 괜한 말을 꺼냈다고 후회했다. 집안 모양새를 잡으려다 오히려 자신도 발걸음을 할 수 없게 되고 말았던 것이다. 큰아들이 솥 공장집 부자에게 직접 총질은 하지 않았지만 그 결정을 내린 것은 틀림없으니 작은며느리에게 할 말이 없긴 했다. 시어머니는 있으나 마나, 남편한테 그런 일을 거침없이 시키는 며느리도 가관이었고, 마누라가 시키는 대로 착착 따라서 하는 아들 꼬라지는 더 가관이었다. 처가 재산 위에 올라앉은 작은아들은 넋이 빠진 얼간이었다.

호산댁은 큰아들네에 발걸음도 못하게 된 형편에 전처럼 쌀을 퍼낼 수는 없었다. 표가 안 나게 하자면 돈이 제일인데, 작은아들 아니고는 어디서 땡전 한 닢 생길 데가 없었다. 그녀는 아들한테서 어떻게 돈을 얻어 낼까, 궁리하다가 그럴듯한 생각을 하게 되었다. 그래서 며느리 눈을 피해 아들을 만났다.

"니가 솥 공장이고 정미소 사장님인 것이 틀림없제?"

호산댁은 첫마디를 이렇게 꺼냈다.

"그렇제라."

작은아들이 야무지게 대답했다.

"그럼 읍내서 헌다허는 부자에 유지 축에 드는 것도 틀림없는감?"

"아, 그렇제라."

"근디, 요 에미는 뭐여?"

"무슨 소리다요?"

"부자 아들을 둔 이 에미는 체면이 똥 친 막대기여. 사람들은 내가 아들 덕에 돈이 많은 줄 알고 더러 밥도 사고, 술도 사고 그러기를 바라는디, 내가 돈이 있어야제. 내 체면이야 암시랑토 않은디, 아들 체면이 깎잉께 고것이 속상허고 몰뚝잖드랑께로."

"듣고 봉께로 그렇구만이라이."

이렇게 되어 용돈을 타 내게 되었다. 그러나 호산댁은 그 돈을 한 푼도 축내지 않고, 작은며느리 몰래 손자에게 다녀오고는 했다. 멋대로 나돌아 다니는 작은며느리의 눈을 피하기는 어렵지 않았다. 그러나 작은아들이나 며느리를 어느 길목에서 불쑥 맞닥뜨리게 될지 몰라 집을 나서면 가슴이 조마조마했다.

호산댁은 골목을 벗어나자 일단 마음을 놓았다. 작은며느리의 친정이 있는 공설 시장 쪽하고는 멀리 떨어져 있었고, 작은아들이 진을 친 경찰서나 차부하고도 반대쪽 길이었다. 호산댁은 큰 길 삼거리를 가로질러 자애병원 쪽으로 가고 있었다.

"어무님, 어무니임!"

세 여자 중 한 여자가 뒤에서 호산댁을 불렀다. 그러나 호산댁은 걸음을 멈추지 않았다.

"느그 시엄니가 아닌갑다."

한 여자가 들고 있는 양산을 핑그르르 돌리며 말했다.

"내 눈이 삐었간디? 저리 꼽새등으로 걷는 늙은이를 내가 못 알아볼 성부르냐!"

윤옥자가 파르르 화를 돋우었다.

"시엄니를 길에서 만나면 며느리가 먼저 피해야 허는디, 어째 니는 꺼꾸로냐?"

다른 여자가 의아스러워했다.

"저 늙은이가 나 모르게 저 지랄 치고 댕기는 것이제. 당장 다리를 뿐질러 뿌러야 혀!"

윤옥자는 부르르 떨고는 호산댁을 향해 뛰기 시작했다.

"어무님! 거기 서씨요. 거기 서랑께라!"

윤옥자는 뛰면서 바락 소리쳤다. 그러자 호산댁이 걸음을 뚝 멈추었다.

"시방 어디 가시오!"

시어머니 앞을 가로막은 윤옥자가 내쏘았다. 얼굴이 굳은 호산댁은 눈길을 떨구었다.

"요것이 뭐요!"

윤옥자는 시어머니가 이고 있는 보퉁이로 팔을 뻗었고 동시에 호산댁의 두 손도 보퉁이를 거머잡았다.

"요것 놓으씨요!"

윤옥자가 앙칼지게 말했다.

"안 뒤여!"

호산댁이 울음을 터뜨리듯 한 소리였다. 뒤미처 두 여자가 윤옥자 옆으로 다가섰다.

"아, 싸게 놓으란 말이요!"

윤옥자가 보퉁이를 잡아챘다.

"워메!"

보퉁이를 놓친 호산댁이 곧 넘어질듯 비척거렸다.

두 여자의 눈길이 모아진 가운데 윤옥자가 보퉁이를 풀어 헤쳤다.

"아니, 누구 돈으로 요것을 산 것이여! 우리 아부지, 오빠 죽인 빨갱이 자식새끼들 먹이자고 우리 돈으로 요 과자를 산 것 아니냔 말이여!"

윤옥자는 대낮의 큰길에서 마구 소리를 지르며 과자 봉지를 땅바닥에 패대기쳤다.

"워메 엄니……."

호산댁은 몸을 움찔하며 가느다란 소리를 흘렸다. 봉지가 터지면서 과자가 깨지고, 사탕은 흩어졌다.

"우리 돈으로 빨갱이 자식들 가르쳐 갖고 또 빨갱이 맹글라고 요런 것 산 것이여!"

윤옥자는 부들부들 떨며 공책을 박박 찢었고, 연필을 뚝뚝 부러뜨렸다. 길 가던 사람들이 모여들기 시작했다.

"우세스럽다, 헐 일 다 혔으면 싸게 가자."

두 여자가 윤옥자를 잡아끌었다.

"아주 그 집구석에 가서 살고 우리 집에는 발걸음도 마씨요."

윤옥자는 쏘아 지르고 돌아서서 총총히 걸음을 옮겼다.

호산댁은 그때서야 땅바닥에 퍼질러 앉으며 깨진 과자 부스러기와 찢어진 종이쪽을 마디 굵은 손가락으로 갈퀴를 만들어 긁어모았다. 두 줄기 눈물이 얽히고설킨 주름 골을 타 넘으며 흘러내리고 있었다.

사단의 임무 교대에 따라 양효석은 최전방에 투입되었다. 다른 장교들은 어떤지 몰라도 양효석은 양쪽 겨드랑이에서 날개가 돋는 것처럼 상쾌했다. 낙동강 전투 이후로 후방에 처져 패잔병들 후퇴 길목을 막고, 군인도 민간인도 아닌 공비를 토벌하는 것이 그는 여간 못마땅하지 않았다.

양효석이 공비 토벌을 마땅찮아하는 것은 그 군인도 민간인도 아닌 것들과 총질을 해야 하는 한심스런 꼴 때문만은 아니었다. 그것도 전쟁이 분명하고, 내 목숨을 지키면서 상대방을 없애자면 그때그때 머리를 돌려 가며 용감하게 싸워야 했다. 그가 마땅찮아 하는 것은 공비들과 맞서는 싸움이 아니라 토벌이라는 이름으로 벌어지는 엉뚱한 일에 있었다. 견벽청야라는 그 토벌 작전이 도무지 견디기가 어려웠다. 견벽청야란 적 쪽에 아무것도 남기지 말고 다 쓸어 없애는 작전이었다. 그런 무식하고 잔인한 짓이 무슨 작전이랴 싶었다. 그 작전에 따라 공비가 출몰하는 지역이면 누구든 닥치는 대로 죽여야 하니, 사람을 끝도 없이 죽이게 되어 있었다. 그 견벽청야로 억울하게 죽어 간 양민은 수없이 많았다. 장교들은 그런 사건이 여러 곳에서 벌어지고 있다는 것을 알면서도 그저 모르는 척했다. 명령에 살고 명령에 죽는 군인으로서, 상부에서 정해 놓은 작전에 불평은 있을 수 없었다. 그런 행위는 명령 불복종이고, 군기 문란으로 즉결 처분감이었다.

양효석은 거창 신원면을 떠나서도 그때 기억에 시달렸다. 서로 뒤엉켜 죽어 가던 사람들의 끔찍스런 모습이 문득문득 떠오르는가 하면, 갑자기 난사하는 기관총 소리를 들으면 그때의 수없이 터져 나오던 온갖 비명 소리들이 섬뜩섬뜩하게 들려왔고, 꿈에 그때의 장면들이 영화처럼 생생하게 반복되고는 했다. 그 기억을 잊으려 애썼지만 쉽게 잊혀지지 않았다. 특히 아이들의 모습과 여자들의 모습이 자꾸 눈앞에 어른거렸다. 아무 죄도 없고, 아무 저항도 하지 않는 사람들을 무조건 살해한 죄책감은 벗어나기 힘들었다. 그 잔인한 견벽청야가 작전이 되려면 어디까지나 무장한 적을 상대로 했어야 했다. 공비가 출몰하는 지역이라는 이유만으로 민간인을 그런 작전 대상에 포함시키는 것은 잘못이었다. 그는 자기만 그런 괴로움을 당하는 것이 아니라고 생각했다. 자신은 간이 크기로 중학교 때부터 소문이 나 있었고, 일찍부터 주먹을 휘두르다 보니 어지간히 끔찍한 일은 예사로 넘길 수 있었다. 그런 자신도 시달리고 있는데 다른 사람들은 더 말할 것이 없었다. 다들 입을 다물고 있을 뿐이었다.

그놈의 견벽청야로 자신의 사단이 여기저기서 양민 학살을 저질렀다는 소식을 들을 때마다 양효석은 진저리를 쳤다. 산청·함양에서 800명을 죽였다고 하는가 하면, 문경군 산북면에서 150명을 죽였다는 소식이 들리고, 산청군 시천면에서는 버스 11대에 사람들을 실어다가 산골짜기에서 학살했다고 하고, 전라남도 함평군에서는 1천여 명의 양민을 죽였는가 하면, 전라북도 남원군에서는 청년 60여 명을 총살했다는 것이었다. 그 소문들은 사건이 일어난 장소와 날짜와 부대가 정확했으므로 헛소문일 수가 없었다.

양효석은 양민들에게 총을 갈겨야 할지 모를 끔찍스러움에서 벗어난다는 것만으로도 전방 이동을 적극 환영했다.

"중대 장병 여러분, 여기는 적의 정규군과 대결하는 최전선이다. 이제 지난날은 다 잊고 새 마음으로 새롭게 싸울 각오들을 하기 바란다."

전선 배치를 받던 날 중대원들에게 일부러 이런 내용의 훈시를 한 것도 양효석으로서는 그 의미가 컸다.

양효석은 전방에 투입되자마자 전투의 맛을 제대로 보았다. 공비 토벌과 최전선 전투는 적과 맞붙는 치열함이 비교도 되지 않았다. 빨치산은 뒤쫓다가 지치게 마련인데, 인민군과는 정면 대결뿐만 아니라 육박전까지 벌이기 예사였다. 육박전은 고지 공방전이 얼마나 치열한지 보여 주고 있었다.

그런 치열한 전투는 휴전 협상의 영향 때문이었다. 휴전선을 정하는 데 있어 미국은 '휴전 협정이 체결되는 그 시점의 전선'을 내세웠고, 북쪽은 '전선을 무시한 38도선'을 내세웠다. 그 조건에 따라 모든 전선에서 '한 치의 땅이라도 더 뺏어야 한다.'는 목표가 뚜렷했고, 양쪽 병사들은 총력전으로 맞설 수밖에 없었다. 그러다 보니 육박전까지 벌어지기 일쑤였다. 현대전에서 원시적인 육박전이 예사로 벌어지는 것은 어이없는 일이었다. 화력은 참호만 단단히 구축하면 얼마든지 막아 낼 수 있지만, 육박전은 서로 뒤엉켜 싸우는 것이므로 피하려야 피할 수 없는 가장 처절하고 막다른 싸움판이었다. 칼로 찌르고, 개머리판으로 치고, 발로 차고, 주먹으로 갈기는 육박전은 그야말로 실력의 대결이었다.

양효석은 극성스러울 정도로 자기 중대원들에게 총검술과 격투기 훈련을 시켰다.

"살아서 부모 형제의 품으로 돌아가고 싶으면 한 번 더 찌르고, 한 번 더 치는 연습을 해야 한다. 적보다 먼저 찔러야 살고, 적보다 세게 쳐야 산다. 그 방법은 단 하나, 죽자 사자 연습하는 길밖에 없다. 제군들! 살아서 고향에 돌아가고 싶은가, 죽어서 까마귀밥이 되고 싶은가!"

양효석이 칼칼한 목소리로 부하들에게 하는 이 말은 아주 자극적이고 선동적이었다. 부하들 또한 양효석의 말을 상관이 으레 하는 귀찮은 소리로 듣지 않았다. 그들은 자기네 전우들이 육박전에서 죽어 가는 것을 실제로 목격하고 있었다.

9월이 시작된 어느 날, 긴급 작전명령이 떨어졌다. 양효석의 몸은 용수철인 듯 탄력을 받았다.

"용맹스런 중대 장병 여러분! 마침내 우리가 갈고 닦은 실력을 발휘할 때가 왔습니다. 이번 작전은 사단 전체가 움직이는 대규모 전투로서 장병 여러분은 적을 백두산 너머로 밀어붙이겠다는 각오로 전투에 임해야 합니다. 우리는 지금 전쟁에 이기고 있습니다. 우리가 서 있는 여기가 바로 삼팔 이북 땅입니다. 우리는 휴전이 되기 전에 한 뼘의 땅이라도 더 차지해 나라에 충성해야 합니다. 장병 여러분, 바로 이번 작전이 충성을 바칠 수 있는 절호의 기회입니다. 북괴군을 무찌르고 용감무쌍한 자유 대한의 국군으로서 승리의 깃발을 휘날릴 수 있도록 다 같이 철통같이 뭉칩시다!"

양효석은 주먹으로 하늘을 쳐올리며 부하들의 사기를 돋우었다.

연대 단위로 고지 공격이 감행되었다. 각 연대는 지정된 고지들을 점령해야 하는 책임 아래 일제히 공격을 개시했다. 폭탄이 작열하는 가운데 수많은 군인들이 봇물이 터진 듯 밀려가기 시작했다.

그 작전은 9월 10일부터 대대적으로 전개된 유엔군 추계 대공세였다.

22

이동 준비

한낮에도 바람결이 서늘했고, 아침저녁으로는 찬바람이 선뜩했
다. 찬바람을 가장 반기는 곳은 골짜기 어디엔가 숨어 있는 환자
트들이었다. 거기에는 총상이나 파편상을 입은 환자가 많았다.
그 상처들은 깊게 마련이고, 약을 제대로 쓰더라도 무더운 한여
름에는 염증이 생기기 쉬웠다. 현대 의약품은 거의 못 쓰고 있는
환자트의 환자들 경우에 그 치료가 더욱 어려웠다. 깊은 상처에
는 무더위 자체가 상처에 염증을 일으킬 수 있는 위협이었고, 상
처에 해로운 온갖 세균이 번창하기 쉬웠다. 그런 무더위가 가고
찬바람이 일자 무더위와 정반대의 치료 효과가 나타났다.

"동무들, 이제 됐소. 여름을 견디느라 고생했소. 다들 장하시오."

의무과장의 그 감각은 틀림없어서, 9월로 접어들면서 환자들의 상처는 나날이 고름이 걷히고, 새살이 돋고, 아물어 갔다. 그때부터 의무과장이 환자들에게 되풀이한 말이 있었다.

"절대 긁지 말아요. 긁어서 덧나면 위험해요. 가려운 건 상처가 낫고 있다는 거니까 참아야 해요."

의무과장은 낮에 잠깐씩 눈을 붙이면서 밤에는 잠을 자지 않고 환자들을 지켰다. 환자들은 서로 경쟁이라도 하듯 잠결에 상처 부위를 벅벅 긁어 댔다. 그럴 때마다 그는 환자의 손을 떼어 내며 사정없이 때리고는 했다. 그의 그런 열정에 환자들은 감복했다.

"내가 그 일도 하지 않으면 어쩌겠소. 동무들을 위해 한 일이 아무것도 없는데……."

그는 오히려 민망한 얼굴로 말끝을 흐렸다. 약이 없어 치료를 제대로 해 주지 못하는 그 괴로운 마음을 환자들은 다 헤아리고 있었다.

그가 환자들을 위해 한 일이 아무것도 없지는 않았다. 그는 여름 내내 늙은 호박 속을 절구에 찧어 환자들의 상처에 붙여 주었다. 그 일을 하는 그의 얼굴은 괴로움에 차 있었다.

상처에 호박 속을 찧어 붙이는 양의사─. 조원제는 그런 모습을 바라보며 빙긋이 웃고는 했다. 그 일이 웃음을 자아내지 않으려면 호박 속을 붙이는 사람이 의무과장이 아니라 할머니여야 했다. 과학적이어야 할 의사가 지극히 비과학적인 행위를 하는 셈이었고, 의무과장의 괴로움도 거기서 비롯된 것이었다.

"과장 동무는 양의사시다요, 한의사시다요?"

조원제는 이죽거렸다.

"죽도 밥도 아니오."

의무과장은 얼굴을 더 찡그렸다.

"이왕 붙일라면 웃으면서 붙이씨요. 그래야 환자들 맘이 편해 병이 낫제라."

조원제는 과장의 마음을 빤히 들여다보며 한 번 더 몰아댔다.

"아 그럽시다, 그래야지요."

진지하기만 했지 농담을 할 줄 모르는 과장은 금방 억지웃음을 지어 보였다.

조원제가 과장에게 붙인 별명은 '땡초'였다. 차마 가짜 의사라고 할 수는 없었고, 그건 또 별명 맛도 나지 않았다. 과장은 그 별명을 싫은 내색 없이 받아들였다. 비과학적이라며 침과 한약을 인정하지 않는 그가 호박 속을 붙이고 있으니 아예 가짜 의사라는 별명을 받아들이는 편이 오히려 속 편할지도 몰랐다.

그런데 그가 마지못해 찧어 붙인 호박 속이 신기하게도 치료 효과를 보였다.

"보씨요, 민간요법이 무턱대고 비과학적인 것이 아니랑께라. 과학적이라는 서양의학이 우리 민간요법이 갖고 있는 과학성을 모르고 비과학적인 소리를 허는 것이제라."

조원제가 비꼬는 투로 서양의학의 허점을 찔렀다.

"글쎄요, 호박에 염증을 빼는 무슨 성분이 좀 들었는지 원……."

의무과장은 마땅찮은 표정으로 고개를 갸웃거렸다.

"어차피 약 구허기는 틀렸응께 과장 동무도 빨치산 의학이나 새로 연구허는 것이 어쩔랑가 모르겄구만요."

조원제는 짓궂게 계속 이죽거렸다. 옆구리 상처가 아물면서 여유가 생긴 탓이기도 했다.

상처가 나날이 낫는 것을 조원제는 확실히 느낄 수 있었다. 부기가 빠지면서 통증이 가라앉았고, 상처 부위가 가렵기 시작했다. 그런데 가려움을 참는 것이 큰 고통이었다. 가려움은 나날이 심해지는데, 긁지 못하고 참자니 가려움은 더 심해졌고, 더 심해진 가려움을 긁어서 풀지 못하니까 끝내는 고통이 되었다. 손이 저절로 옆구리로 가고는 했는데, 그 손이 상처 부위에 닿기 전에 멈추기가 그렇게 어려울 수 없었다. 손을 멈추는 순간 가려움은 와아 소리라도 지르는 것처럼 갑자기 더 심해졌다. 그럴 때면 온몸이 부들부들 떨리고, 팔다리가 저릿거리고, 정신까지 헝클어지려 했다. 가려움이 그렇게도 견디기 어려운 고통인 줄 처음 알았다. 멀쩡한 정신으로도 그러니 잠결에 환자들의 손이 어떻게 될

지는 더 말할 게 없었다. 의무과장이 밤새 상처를 긁는 손들을 사정없이 때리는 것은 너무나 현명한 치료법이었다.

"얼마나 다행인지 모르겠소. 복막에 염증이 생기면 곤란했을 텐데……. 젊고 체력이 강해서 무사했던 거요."

의무과장은 상처가 아물고 있는 조원제의 옆구리를 들여다보며 기뻐했다.

"어디요, 명당자리에 묘를 써서 그렇제라."

조원제는 또 걸고 들었다.

"맞소, 동무의 그 여유 있는 마음도 상처 회복에 큰 도움이 됐소."

분명 웃어야 할 대목인데도 의무과장은 이렇게 진지했다. 농담을 건 조원제가 오히려 멋쩍어졌다. 그는 체질적으로 의사 같기도 했고, 정서감이 모자라는 숙맥 같기도 했으며, 저런 사람이 어떻게 입산하게 되었는지 의아스럽기도 했고, 그 진지함이 열렬한 사회주의자를 만들었는지도 모른다는 생각도 들었다. 조원제는 그의 별명을 또 하나 생각해 냈다. '맹물'이었다. 그는 진지하되 답답한 사회주의자는 될 수 있어도, 활달하면서도 멋있는 사회주의자는 되기 틀렸다고 생각했다. 조원제는 의무과장의 모습에 '대꼬챙이'라는 자신의 별명을 비춰 보았다. 문화부 중대장으로서 원칙을 어기지 않으려는 자신을 대원들이 마치 의무과장처럼 생각하고 '대꼬챙이'란 별명을 붙인 게 아닐까 하는 의문이 들었다. 그렇다면 문제였다. 자신은 활달하면서도 멋있고, 지혜로우면서도 따뜻한 사회주의자가 되고자 했던 것이다. 그것은 서중학교 교장이던 출판과장, 연대장 이태식, 총사 부사령 염상진을 보면서 생겨난 욕구였다. 출판과장의 지혜로움과, 이태식·염상진의 활달함과, 염상진의 멋있음과, 이태식의 따뜻함을 고루 갖추고 싶었다.

다른 비트들처럼 환자트들도 골짜기에 은밀히 자리 잡고 있었다. 그러나 환자트는 병기과 비트처럼 땅속 굴이 아니었다. 물이 가까운 곳에 설치되는 것은 같지만, 환자트는 가시덤불 숲이나 칡덤불이 우거진 곳에 움막을 치거나 반쪽 굴을 만들어 놓고 있었다. 환자트는 병기과 비트나 곡식 저장 굴처럼 위장이 완벽하지는 못해도 여간해서는 찾아낼 수 없었다. 환자트에는 후방부 요원들이 며칠 간격으로 양식을 공급했다. 그때 이런저런 약품들도 들어오고는 했다. 미군 야전용 다이야찡 가루 한 봉에 의무과장은 환성을 지르기도 했고, 머큐로크롬 한 병에 목이 메기도 했다. 그러나 어느 때는 큼지막한 조개껍질을 한지 띠로 두른 약 아닌 약이 들어와 의무과장을 실망시키거나 짜증 나게 만들었다. 그건 바로 떠돌이 약장수들이 파는 사제품이었다.

환자트에서는 막소주나 소금도 약품이었다. 소주는 수술 마취제와 소독제였고, 소금물도 고름을 닦아 내는 소독제였다. 그러나 한두 잔 마신 소주의 취기가 생살을 찢는 수술 통증을 잊게

해 줄 리 없었다. 더러 파편을 빼내는 수술을 할 때마다 목이 찢어질 듯한 처절한 비명 소리가 골짜기를 흔들고는 했다.

환자트에 특별한 규율은 없었지만 대변 처리만은 엄격했다. 똥은 가능하면 밤에 누고, 표 나지 않게 땅에 묻어야 했다. 두 가지 이유 때문이었다. 땅에 묻은 표가 나면 토벌대에게 비트가 발각당할 위험이 있었다. 그리고 땅에 묻지 않으면 그 냄새를 맡고 까마귀가 내려앉기 때문에 토벌대가 비트의 위치를 알아채게 되었다. 까마귀는 사람의 시체뿐만 아니라 사람의 똥도 즐겨 먹었다. 까마귀가 떼 지어 맴도는 곳에는 시체가 있고, 한두 마리가 선회하는 곳에는 똥이 있다는 것쯤 토벌대도 다 알고 있었다. 환자트는 완전 비무장 상태인 데다가, 무장대의 보호도 없기 때문에 발각당하면 꼼짝없이 몰살이었다. 토벌대에게 발각된 환자트 사방에는 언제나 시체가 흩어져 있었다. 토벌대가 들이치는 순간 환자들이 제각기 도주하다가 총을 맞고 죽는 것이었다.

이틀 뒤, 환자트에 긴급 대피령이 내렸다. 그들은 신속하게 세 명씩 조를 이루어 대피에 들어갔다. 대피령은 토벌대가 공격해 오는 골짜기와 등성이에 따라 그때그때 내려왔다. 그동안 두 차례의 대피 경험이 있어서 그들의 움직임에는 여유가 있었다.

그들은 산마루를 넘어 골짜기를 타고 내려갔다.

"저 양쪽 등성에서 쌈이 붙을 것잉께 요 골짝 밑으로 피허씨요. 그리고 저 통명산 고지를 우리가 점령허면 만세 두 번, 개들이 점령허면 만세 한 번을 부를 것잉께, 그 신호 듣고 움직이씨요들."

선요원이 떠나며 남긴 말이었다.

그들은 조별로 흩어졌다. 조장인 조원제는 조원 두 사람과 함께 은신처를 찾아 비탈을 내려갔다. 두 사람 다 다리를 절룩였다. 하나는 무릎 부상이고, 또 하나는 발목 부상이었다.

조원제는 골짜기가 휘어져 돌며 다른 산줄기와 만나는 지점에서 발을 멈추었다. 만일 토벌대가 골짜기를 타고 내려오면 옆의 산줄기로 붙기 위해서였다. 그들이 풀덤불을 헤치고 들어가 자리를 잡은 지 얼마 되지 않아 골짜기 위에서 요란하게 총소리가 울렸다.

토벌대가 해방구 쪽에서 공격하고 우리가 외곽 고지 밖에서 전투를 벌이고 있으니, 해방구는 다 잃은 것이나 마찬가지다……. 해방구를 잃으면 투쟁은 그만큼 불리해진다. 식량 확보도 어렵고, 사기도 떨어질 것이다. 해방구를 장악했던 투쟁이 1년, 적들의 막강한 화력 앞에서 그 세월은 어쩌면 기적처럼 길었는지도 모른다. 그동안 전남도당 전체에서 죽어 간 사람이 얼마나 될까……. 반 가까이 죽지 않았을까, 아니 반이 넘을지도 모른다. 돌림병 재귀열로 떼죽음을 당했고, 또 싸우면서 수없이 죽었으니……. 반으로 잡아도 1만 명이다. 인간 해방의 역사를 위해, 인민 해방의 세상을 위해……. 그들은 짓밟히는 인간으로 주저앉아 있지 않고 스스로 전사가 되어 불의와 맞서 싸우다가 죽어 간 것이다. 빨치산―. 자각한 인민들이 전사로 뭉쳐진 덩어리, 그들은 가장 순수한 혁명의 동력이고, 인민의 역사 그 자체이다. 그들이 죽어 가면서 뿌린 피는 고결하고, 그 피는 참다운 인민의 역사

를 키운다. 그 역사를 위해 죽은 전체 인민 전사는 얼마나 될
까…… 수만 명……. 그러나 아직 투쟁은 끝나지 않았다. 투쟁은
더욱 치열해질 것이다. 이제 죽어 간 동지들의 죽음을 건 투쟁뿐
이다…….

조원제의 감정에 뜨거운 소용돌이가 일었다. 총소리는 여전히
울리고 있었다.

"인제 저 잡녀러 새끼들이 공화국 시간도 안 무서워헌당께로."

조원제의 왼쪽에 쪼그리고 앉은 남자가 낮은 소리로 중얼거렸다.

"기운이 쎄졌다 그것 아니겄소."

맞은쪽에 앉은 남자가 말을 받았다.

"휴전을 헌다는디, 휴전이 되면 그쪽 병력이 이쪽으로 왈칵 내려오지 않겄소?"

"이, 그럴지도 모르겄소. 그리 되면 우리가 큰 탈 나는디, 어찌제라?"

조원제는 두 사람을 번갈아 바라보고는 "동무들, 걱정헐 것 없소. 우리헌테는 당이 있고, 목숨 걸고 같이 싸우는 동지들이 있소. 근디 뭐가 걱정이고, 뭐가 겁나시요? 물론 목숨이 위태로우면 겁 안 먹을 사람은 없을 것이오. 허나 고것이야 제 욕심밖에 못 차리는 쫌팽이들이 허는 짓거리고, 동무들이야 새 세상 맹글겄다고 총 들고 나선 전사 아니오? 우리보다 먼저 죽어 간 동지들을 생각혀 보씨요. 그 동지들이 재수가 없어서 먼저 죽었겄소? 아니오. 그 동지들은 우리 대신 죽어 간 것이오. 우리헌테 날아오는 총알을 그 동지들이 먼저 맞고 죽었다 그것이오. 우리는 그 동지들 원수를 갚어야 쓸 것 아니겄소? 먼저 죽어 간 동지들이 시방 이 골짝, 저 골짝에서 우리를 뻔히 보고 있소."라며 열성적으로 말했다.

"지도원 동지, 면목 없구만이라."

"다시는 고런 짜잔헌 소리 안 허겄구만이라."

두 사람은 고개를 수그렸다. 조원제는 그들의 손을 덥석 잡았다.

"동무들, 우리가 바라는 세상이 꼭 올 것잉게, 고것을 믿고 용감허게 싸웁시다. 그러다가 죽으면 아까울 것이 뭐 있소. 우리 뒤에는 또 우리 뜻을 따라 싸우는 동지들이……."

"지도원 동지! 저 만세 소리!"

오른쪽 대원의 다급한 말에 조원제는 깜짝 놀라며 물었다.

"만세 소리?"

"야아, 만세 소리가 났구만요."

"몇 번이요?"

"두 번인디요."

"틀림없소?"

조원제의 얼굴이 긴장했다. 말에 취해 그 소리를 놓친 것이었다.

"그럴 것인디요……."

그 대원은 약간 더듬듯 말했다.

"갑시다. 우리가 이겼는갑소."

조원제는 풀덤불을 헤치며 앞장섰다.

그렇게 골짜기를 절반쯤 넘어섰을 때였다. 앞에 인기척을 느끼며 조원제는 반사적으로 발을 멈추었다. 아니나 다를까, 숲 사이에서 사람이 불쑥 나타났다. 아니, 저게 뭔가! 조원제와 두 사람은 딱 굳어졌다. 20여 미터나 될까, 비탈 위에서 까딱까딱 손짓을 하고 있는 것은 경찰이었다.

"여기야, 이리 와, 이리!"

경찰이 손짓하며 말했다. 경찰이 자기들을 자수자로 오해하고 있다는 것을 조원제는 퍼뜩 깨달았다.

"우측 사면!"

조원제가 돌아서며 외쳤다. 그리고 뛰기 시작했다.

"서라! 안 서면 쏜다!"

뒤에서 외치는 소리였다.

세 사람은 비탈 쪽으로 내달렸다. 조원제의 옆구리를 받치고 있던 왼 팔은 오른팔과 똑같이 힘차게 엇갈렸고, 두 사람의 발도 절룩거림 없이 비탈진 땅을 박차고 있었다.

타당! 타당! 탕! 탕!

총알이 날아와 그들의 옆이고 뒤에 푹푹 박혔다.

그때 오른쪽 등성이에서도 총소리가 울렸다. 그러면서 여럿이 목소리를 합쳐 외쳤다.

"이 새끼들아, 쏘지 마라, 환자다!"

"환자다, 환자! 쏘지 말아라!"

그 외침에 조원제의 가슴이 콱 막혔다. 아아, 동지들! 그는 벅찬 전율을 느끼며 더 세게 달렸다.

"이 새끼들아, 쏘지 말어! 환자야!"

"더 쎄게, 더 쎄게 뛰어!"

"영차, 영차! 영차, 영차!"

오른쪽 등성이에서는 총소리와 함께 이런 외침과 응원이 뒤섞였고, 비탈로는 너덧 사람이 총을 난사하며 달려 내려왔다. 환자 구출에 나선 돌격대였다.

그들 중 한 사람이 조원제를 끌어안으며 격하게 말했다.

"조 동무, 내 눈앞에서 조 동무를 죽이는지 알았소!"

조원제는 비틀거리며 그 사람이 연대장 이태식임을 알아보았다. "내 동생 허지, 동생." 평소에 이태식이 농담처럼 하던 말이 떠오르며 눈물이 울컥 솟았다.

"연대장 동지!"

조원제도 이태식을 끌어안았다. '강철' 말고도 '백아산 호랑이'라는 또 다른 별명을 지닌 이태식의 눈에도 눈물이 엷게 번지고 있었다.

부축을 받고 등성이로 올라와서야 조원제는 옆구리의 아물었던 상처가 견딜 수 없도록 아파 왔다. 그는 옆구리를 감싼 채 쓴웃음을 지었다. 그 목숨을 건 한바탕 굿은 신호를 잘못 들어서 생긴 일이었다.

"어지간허면 환자트에서 나오지. 위험헌 고비 넘기면 그다음부터는 먹는 것이 실해야 허는 법이오. 후방부에서 먹을 것을 댄다 혀도 어디 부대만 허간디. 하루라도 얼렁 나오도록 혀, 조 동무."

이태식이 헤어지기 직전에 간곡하게 한 말이었다.

환자트에 돌아와 보니 옆구리 상처는 손가락 길이만큼 다시 터져 있었다. 굳은 피를 물고 벌어져 있는 상처를 내려다보며 조원제는 그래도 그만하기 다행이라고 생각했다.

"아문 자리가 그리 됐으니 붕대로 감고 여기서 한 사나흘 더 지내다가 부대로 가는 게 좋을 것 같군요. 그 자리가 다시 빨리 아물어야지 무리해서 움직이다가 덧나면 참 곤란해집니다."

의무과장의 말이었다.

조원제는 그 말을 따르기로 했다. 덧나는 것이 무서워서가 아니라 통증이 심해 떠나라고 해도 떠날 수가 없었다. 함께 변을 당한 두 사람도 상처의 통증이 도져 끙끙 앓았다. 그런데 만세 소리를 잘못 들었던 사람이 더 심하게 앓는 소리를 냈다. 조원제는 그의 옆모습을 보며 그저 비식 웃었다. 그는 벌써 다른 환자들에게 한바탕 면박을 당했던 것이다. 그 실수로 세 사람이 죽을 수도 있었지만, 결과가 무사한 이상 굳이 들출 건 없었다. 그리고 궁극적인 책임은 조장인 자신에게 있다는 것을 그는 잘 알고 있었다. 그때 만세 소리를 놓친 것도 그렇고, 확인이 안 된 상태로 행동한 것도 그랬다.

조원제는 사흘 뒤에 환자트를 떠나 부대로 돌아왔다. 그사이 부대원들의 얼굴이 많이 바뀌어 있었다. 보이지 않는 얼굴들은 그동안 죽어 간 것이었다. 그리고 비무장 대원들을 지리산으로 피신시키는 작전이 펼쳐지고 있었다. 각 지구의 해방구가 유린되면서 비무장 대원들을 보호하기 어려워지자 취하게 된 조처였다. 여순 항쟁 때와 마찬가지로 지리산이 또 피신 투쟁지로 선택된 것이다. 이승만이 휴전 수락 4대 원칙을 내놓았다고 했다. 정전 반대를 극성스럽게 외치던 그 영감이 휴전을 '수락'하기로 했다는 것은 자신들의 투쟁에도 직접 영향을 미칠 수 있는 일이었다. 그러나 휴전 수락 4대 원칙을 알고 조원제는 웃고 말았다. 중공군 철수, 북한군 무장해제, 유엔 감시하 총선거, 휴전 조건 동의 기간·회담 종결 기한 설정이 그것이었다. 휴전협정의 '협정'이란 말 뜻을 안다면 그따위 잠꼬대 같은 주장은 내놓을 수 없는 일이었다. 자기의 권력 유지를 위해서는 무슨 짓이든 서슴지 않는 파렴치한 늙은이의 또 다른 작태였다. 또 다른 소식은 너무나 통쾌했다. 그러나 통쾌한 만큼 실망을 주는 이야기였다. 그건 그 신화적 인물 이현상의 부대 '남부군'의 곡성읍 점령 사건이었다.

"9월 30일 자정에 남부군이 우리 도당 백운산 부대허고 합동

작전으로 곡성을 들이쳤는디, 새벽까지 읍내를 먹고, 오곡 지서까지 손에 넣었구마. 곡성이 완전히 해방구가 된 것이제. 시뻘건 대낮에 신작로를 턱 막고 선 남부군의 배포가 참말로 기막히등마. 듣던 대로 천하무적이 바로 저것이로구나 탄복이 절로 나왔제. 곡성으로 진격허면서도 대낮에 행군을 혔다니 무슨 말을 더 허겄어. 빨치산이 '밤손님'이란 말을 싹 뒤집은 것이제. 근디 남부군의 작전은 곡성으로 끝이 아니었어. 곡성 다음으로 광주를 친다고 혀서 우리 백아산 지구도 합동작전에 나설라고 단단히 준비를 혔제. 근디 곡성의 젊은 놈들이 경찰에 붙어서 저항을 헌 것이여. 경찰에, 청년단에, 새로 붙은 놈들까지 수백 명이 덤비니께 광주로 가기 전에 그것부터 쓸어야 허지 않겄드라고? 고것들허고 싸우다 봉께 하루가 꼬빡 지났제. 그러고 있는 판에 일이 터졌어. 아 경찰 병력이 기차를 타고 느닷없이 곡성 읍내로 들이닥친 것이여. 외곽 방어를 맡고 있던 남부군 일부가 맘을 턱 놓고 있는 새에 기차가 지나갔더란 말이여. 기차에서 쏟아진 적들이 공격해 오고, 전남경찰국에서 또 기동대가 몰아닥쳤구만. 그렁께 남부군은 협공을 당허는 꼴이 된 것이제. 그러니 어쩌겄어. 병력도, 화력도 딸린께 도로 지리산으로 물러선 것이제."

이태식이 허탈한 웃음을 지었다.

"싱겁게 되야 부렀소이. 그 쎄다는 남부군이 어째 본전치기도 못 되는 일을 했는지 모르겠소?"

조원제도 떫은 입맛을 다셨다.

"지내 놓고 찬찬히 따져 봉께 남부군 작전에 문제가 많어. 경찰이 그리 빠르게 들이닥친 것은 남부군이 대낮에 행군을 헌 것 때문이여. 자신 있게 행동허는 것은 좋은디, 고것이 적을 끌고 댕긴 꼴이 되야 부렀어. 그리고 적이 날로 쎄지는 판에 왜 곡성을 쳤냐 그것이제. 남부군 실력을 한번 뵈자는 것이면 몰라도, 그런 작전은 빨치산 기본 전술에도 어긋나는구만. 남부군을 새로 봐야겄어."

이태식은 아주 못마땅해했다.

"기차가 통과허도록 방어를 허술하게 헌 남부군도 우습고, 적진으로 무작정 들이닥친 경찰도 우습구만이라."

"바보허고 바보허고 붙은 쌈에서 더 바보가 이긴 것이 요번 쌈이여!"

이태식의 일갈이었다.

조계산 지구는 지리산으로 피신시킬 비무장 대원들을 편성했다. 비무장 대원들의 지리산 이동은 피신만이 목적이 아니었다. 또 다른 목적은 투쟁력 정예화였다. 토벌대에게 해방구를 잃으면서 신속한 기동성을 발휘하는 산악 이동 투쟁이 본격화되었다. 그런데 해방구의 투쟁 인민들까지 포함한 비무장 병력을 전투 때마다 안전지대로 이동시켜 보호해야 하니, 이동 투쟁의 생명인 기동성이 약화될 수밖에 없었다. 기동성의 약화는 곧 전력의 약화였고, 커다란 인명피해를 입을 위험까지 안고 있었다. 화선 투쟁에 나선 무장대가 무너지면 그 보호를 받고 있는 비무장대는 결정적 피해를 입을 수밖에 없었다. 그런 투쟁을 두 달 가까이 해온 끝에 도당은 지리산 이동을 결정했다.

그와 함께 또 한 가지 추진되는 일이 있었다. 간부 양성을 위해 대학생을 뽑는 일이었다. 지리산에는 단기 과정의 당학교·군정대학·의과대학이 설치되어 있었다. 장기 투쟁에 대비해 간부를 길러 내자는 계획이었다. 자원하거나 추천받는 방법으로 젊은 대원들이 그 길에 나섰다.

"어이, 천 동무도 지리산으로 가는 거이 어쩌겄소?"

하대치가 천점바구를 불러 한 말이었다.

"야아? 지리산이라고라?"

천점바구가 화들짝 놀랐다.

"아니, 어쩨 그리 놀라고 그러요? 천 동무도 대학생 되야 보라는 것인디."

하대치는 가볍게 씨익 웃었다.

"야아? 지까징 것이 무슨 대학생이라?"

천점바구의 얼굴이 어리둥절해졌다.

"군정대학에 가면 천 동무가 염상진 대장맹키로 되는 길이 훤히 열리게 되는 것이오."

"학교는 문턱도 못 밟아 보고, 간신히 글이나 깨친 지가 워쩌크름 대학생이 되겠는게라. 뱁새가 황새 따라갈라다 가랑이가 찢어지제라."

천점바구는 고개를 저었다.

"어허, 당원까지 된 사람이 무슨 못난 소리요! 천 동무의 자격은 당이 인정했응께 잘 배워서 당당히 염상진 대장 같은 인물이 되어 보씨요."

그건 하대치가 진정으로 바라는 바였다. 지난날 염상진이 자신을 이끌어 주었듯 자신은 천점바구를 이끌어 주고 싶었다. 그건 염상진이 되풀이한 말이기도 했다. 뒤따라오는 사람들에게 봉사해야 한다. 인간 사업 없이는 당도 혁명도 없다. 하나의 적을 무찌르는 것보다 한 인간에 대한 사업이 더 중요하다.

"염 대장께서 지리산으로 가신당가요?"

천점바구가 뚜벅 물었다.

"여기는 어쩌고?"

"허면 연대장 동지가 가시는게라?"

"나도 안 가는디……."

"그럼 지도 안 가겠소."

천점바구의 태도는 단호했다.

"어허 천 동무……."

하대치가 입을 열기 바쁘게 천점바구가 말허리를 잘랐다.

"지 맘은 딱 정해졌구만이라. 두 동지 옆에서 한 발도 안 떨어질 참잉께라."

"허 참, 저 고집통머리! 저놈의 점 때문에 그런가 어쩐가……."

하대치는 웃을 수밖에 없었다. 천점바구의 완강한 태도에서 하대치는 뜨거운 믿음을 보았다. 지리산의 군정대학에 들어가면 당원으로서의 내일이 보장되고, 당장의 위험도 피할 수 있었다. 그런데도 천점바구는 망설임 없이 그 길을 마다한 것이다.

23

지리산

전북도당 사령부는 이미 8월에 지리산으로 옮겨 와 있었다. 그들 사령부가 비트를 마련해 머물고 있는 곳은 천왕봉·노고단과 함께 지리산의 3대 봉우리의 하나인 반야봉 줄기를 타고 내리뻗은 뱀사골이었다. 지리산의 수많은 골짜기 중에서 그들이 그곳에 자리 잡은 까닭은 그곳이 전라북도 남원군이기 때문이었다. 자기네 관할 지역을 지킨다는 원칙을 지리산에 와서도 지킨 것이다. 사령부와 달리 남원군당은 달궁골을 차지하고 있었다.

경남도당은 재작년 9월부터 자기네 지역인 천왕봉 동쪽의 대원사골·칠선골·중산리골에 걸쳐 투쟁의 바탕을 마련했다. 전남도당은 노고단과 반야봉을 잇는 주능선을 따라 남쪽으로 뻗은 골짜기인 화엄사골·문수리골·피아골이 관할이었고, 화엄사골에는 오래 전부터 구례군당이 자리 잡고 있었다.

지리산을 이렇게 세 덩어리로 나누면 남는 지역은 장터목에서 서쪽으로 뻗어 나간 주능선을 따라 세석평전의 영신봉·덕평봉·꽃대봉을 거쳐 명선봉에 이르는 남쪽과 북쪽의 골짜기들이었다. 남부군은 주로 이 지역을 넘나들면서 필요에 따라 각 도당과 합세했다가 분리되고는 했다.

사령부를 따라 지리산 뱀사골로 들어온 손승호는 비트를 만들고, 부대 정비를 하느라 이틀을 바삐 보낸 뒤에야 한가한 시간을 얻게 되었다. 그는 계곡물 소리를 들으며 멍하니 앉아 있었다.

"손 동무, 뭘 그리 생각하십니까?"

뒤에서 들리는 목소리에 손승호가 고개를 돌렸다. 박두병이 웃고 서 있었다.

"어서 오십시오."

손승호가 놀라며 몸을 일으키려 했다.

"아니, 같이 앉읍시다." 박두병은 손승호 옆에 자리를 잡고는 "지리산이 처음이시지요?" 하고 물었다.

"예, 처음입니다."

"내가 군당을 거쳐 노고단으로 돌아서 올 일이 있는데 같이 가면 어떨까 해서요. 길도 익히고 지리산도 관찰할 겸 말입니다. 지

리산 관찰은 손 동무의 사업에 필요한 일이거든요.”

손승호는 박두병이 '구경'이라고 하지 않고 '관찰'이라고 하는 말에 유의했다.

“그러지요. 언제 떠나십니까?”

“두어 시간 있다가 떠날 테니, 준비하시지요.”

박두병이 자리에서 일어났다.

손승호의 길 떠날 준비는 고무신의 삼끈을 고쳐 매는 것으로 끝났다. 짐이라고는 총과 배낭뿐이었다.

일행은 넷이었다. 하나는 선요원이고, 다른 하나는 박두병의 연락병 겸 경호병이었다. 손승호는 자신에게도 문화부 연대의 대본 집필이라는 기본 임무 외에 박두병의 경호병이라는 임무가 주어져 있음을 알고 있었다. 만일 어떤 위험에 부딪치면 도당 상급 간부인 박두병을 보호하기 위해 세 사람은 주저 없이 앞으로 나서야 했다. 박두병 개인이 아닌 당을 보호하기 위해 너무나 당연한 일이었다. 그러나 선요원의 말에 따르면 그런 위험은 없을 것 같았다. 자신들은 깊은 골짜기 중간쯤에 자리 잡았고, 경찰은 지리산 초입의 길목에 진을 쳤다는 것이었다.

산길은 끝이 없었다. 산봉우리를 하나 감고 돌면 또 나타나고, 그것을 감고 돌면 또 나타나는 오르막길을 그들은 줄기차게 걸었다.

"여기서 다리쉼을 좀 허시제라."

산마루의 넓적한 바위 앞에서 선요원이 발을 멈추었다. 밤중에도 산등성이를 타고 걷지 못하는 게 불문율인데 선요원은 하필이면 산마루에서 쉬자고 했다. 그만큼 안전하다는 뜻이었다.

"손 동무, 걸을 만한가요?"

박두병이 쌈지를 꺼내며 손승호를 바라보았다.

"예, 좋습니다."

"재귀열을 완전히 이겨 내고 건강을 찾다니, 손 동무도 갈 데 없는 빨치산이오."

박두병은 쿡쿡 웃었고 손승호도 마주 웃었다.

거기서 남원군당까지는 굽이치는 산의 파도를 내려다보며 걷는 내리막길이었다. 군당에서 늦은 점심을 얻어먹고 네 사람은 다시 노고단으로 길을 잡았다. 오르막길 강행군을 한 시간 넘게 하다가 다리를 쉬었다. 겹겹의 산봉우리들이 눈 아래로 펼쳐졌다.

"손 동무, 지리산을 보는 기분이 어떠시오?"

박두병이 석양 햇빛을 받고 앉아 물었다.

"글쎄요, 아직 뭐라고 말씀드려야 할지 모르겠습니다."

"아마 그럴 거요. 인제 시작이니까."

박두병이 고개를 끄덕거렸다.

"하먼이라. 요것 쪼깐 보고 지리산이 어쩌니저쩌니하는 것이야 거짓말이제라. 노고단에 올라야 간신히 문턱 넘어서는 것잉께요. 기왕 걸음헌 것잉께 해 떨어지는 것을 구경혀야제라."

선요원은 이렇게 말하고는 줄달음질 치듯 걸었다. 산 타는 데 이골이 난 세 사람도 그를 따라잡기 쉽지 않았다.

노고단에 오르는 순간 그들은 커다란 불덩어리와 마주쳤다. 그 불덩어리는 다름 아닌 해였다. 해는 하늘 가운데 떠 있을 때보다 열 배는 커진 것 같았다. 그 큰 해는 서쪽 하늘을 온통 붉게 물들여 자신의 모습을 떠받치게 하는, 세상에서 가장 큰 휘장을 만들어 내고 있었다. 서쪽을 물들인 휘장만으로는 모자라는지 해는 무슨 큰 깃털처럼 옆으로 뻗은 구름을 거느리고 있었다. 그 구름도 붉게 물들어 찬란하게 빛나고 있었다.

커다란 불덩어리는 이글거리는 황금빛 몸을 아래서부터 느리게 감추어 갔고, 그 주변 하늘은 커다란 황금빛 동그라미를 그리며 빛났다. 그 빛이 엷어지는 데서부터 황적색으로 물들고, 황적색이 엷어지면서 다시 청적색으로 바뀌었다. 그 빛의 변화에 따라 구름의 빛깔도 달라졌다.

손승호는 넋 놓고 낙조를 바라보았고, 다른 세 사람도 긴 그림자를 하나씩 단 채 굳은 듯 서 있었다.

마침내 해가 모습을 감추자 해를 에워쌌던 황금색 바탕이 넓게 퍼지면서 황적색과 섞이고, 하늘은 더 붉게 물들었다. 하늘은 이제 온통 붉은 바다였다. 그 붉은빛이 살아서 뛰고, 그 빛들이 부딪쳐 불꽃을 일으켰다. 하늘은 마침내 불붙어 타고, 구름은 그 불길에 휩싸였다.

해가 사라진 곳에서 뻗어 오른 빛살이 차츰 약해졌고, 하늘을 뒤덮은 붉은빛에서 싱그러움이 서서히 사그라들었다. 그러면서 하늘은 더욱 붉어졌다. 그 붉은빛은 이제 불길이 아니었다. 불길이 잦아든 그 진한 붉은빛은 환상적인 핏빛이었다. 하늘은 처연한 핏빛으로 물들어 있었다.

아, 저건! 손승호는 가슴을 치는 충격에 빠졌다. 저건……. 지리산에서 죽어 간 수많은 동지들의 넋이 아닌가! 그는 눈을 감았다가 떴다. 노을은 그대로 핏빛인 채 가장자리가 적보랏빛으로 변하고 있었다. 그는 이렇듯 장엄한 노을은 본 적이 없었다. 노고단은 해가 그려 내는 세상에서 가장 크고, 가장 찬란하고, 가장 황홀한 그림을 보여 주고 있었다. 황홀하고, 현란하고, 아름답다 못해 기가 막혀 버리는 자연의 그 신비로운 조화 앞에서 그는 말을 잃었다.

노을의 가장자리에서 생기기 시작한 적보라빛이 점점 안쪽으로 퍼졌고, 처음의 적보라빛은 청보라빛으로 변했다. 노을은 윤기를 잃어 가며 서서히 사위었다. 그리고 겹겹이 물결을 이루며 뻗어 나간 먼 산들도 서로의 그림자에 묻히며 어둠살에 잠기고 있었다.

"어떠시요들?"

선요원이 오랜 침묵을 깼다.

"언제 봐도 장관이오."

박두병의 말이었다.

"와따 참말로 기막히요. 정신이 다 어질어질허요."

연락병의 말이었다.

"손 동무는 어떠요?"

선요원은 일행의 감상을 다 들어야 하겠다는 듯 손승호에게 대답을 독촉했다.

"아무 할 말이 없소."

손승호의 무뚝뚝한 소리였다.

"잉, 고것이 제일 잘헌 답인지도 모르겠소." 선요원이 씩 웃고는 "싸게 샘터로 내려갑시다. 해 떨어졌다 허면 금세 어두워진게로."라며 앞장섰다.

어둠이 묻어오는 내리막길을 걸으며 손승호는 이번에 자신이 해야 할 '관찰'이 무엇인지 언뜻 생각했다. 그러나 그것이 무엇인지 굳이 박두병에게 묻지는 않았다.

샘터에 이르렀을 때는 어둑어둑해져 있었다. 그들은 그곳에 자리를 잡고 저녁을 해 먹은 다음 잠자리에 들었다.

이튿날 새벽, 손승호는 누가 흔들어서 일어났다. 어둠은 아직 흐리칙칙하게 남아 있었다. 옷은 이슬에 함뿍 젖어 있었지만 몸은 가뿐했다.

그들은 샘물을 마시고 나서 노고단을 향해 다시 걷기 시작했다. 노고단 정상에 이르는 동안 어둠은 다 걷히고 싱그러운 새벽의 대기 속에 하늘과 산이 드러났다. 여기저기서 경쾌한 새소리가 울렸다.

"어허! 또 눈이 호강허게 생겼네."

앞장선 선요원이 노고단으로 올라서며 토한 말이었다. 뒤이어 정상에 발을 디디는 사람마다 탄성을 질렀다.

동쪽 하늘이 아침노을로 벌겋게 물들어 있었다. 어제 본 저녁노을보다 붉은 기운이 더 진했다. 황금빛 찬란함은 덜했지만 붉은 기운은 펄펄 살아서 뛰었다. 그 붉은빛을 밀어 올리며 황금빛 빛살이 뻗어 올랐고, 그 황금빛살이 붉은빛을 물들이기 시작했다. 붉은빛은 황금빛과 섞이면서 더 싱싱하게 살아 올라 마침내 찬란하게 빛나기 시작했다. 해가 솟아오르고 있었다.

"아아……!"

손승호는 감탄의 소리를 흘렸다.

해는 이글이글 타는 불덩어리였다. 해에서 퍼져 나온 햇살이 천지에 가득 차며 하늘과 땅을 붉게 물들였다. 나무란 나무, 바위란 바위, 풀이란 풀, 타다 남은 나무의 잔해까지도 붉은 기운에 젖었다. 지리산이 온통 붉게 물들어 해 앞에 숨죽여 읍하고 있었다. 그리고 햇살은 나뭇잎이며 풀잎에 샅샅이 스미고, 고루고루 뿌려져 잎마다 맺힌 이슬방울을 영롱한 구슬로 만들었다.

손승호는 경이로움을 느끼며 옆에 선 동지들을 바라보았다. 그

들의 몸도 얼굴도 붉게 물들어 있었다. 거친 얼굴은 더 거칠어 보이고, 남루한 옷은 더욱 남루해 보였다. 당신들은 그런 몰골로 왜 이 높은 산 위에 서 있는가. 나는 또 왜 이렇게 서 있는가. 우리가 이루고자 하는 것은 혁명이다. 역사의 해를 만들고자 하는 것이다. 그렇다. 혁명은 역사의 해다. 해는 세상 만물에게 평등한 생명을 부여한다. 얼마나 위대한 일인가. 혁명은 모든 인간에게 평등한 삶을 보장한다. 그 또한 얼마나 위대한 일인가. 역사의 해를 만들어 내는 날, 이 거친 얼굴들, 이 남루한 모습들은 얼마나 자랑스럽고 눈물겨우랴. 손승호는 목이 메어 눈을 감았다.

해는 높이 떠오를수록 크기가 작아지면서 붉은빛도 사위어 갔다.

"저 해 아래 솟은 것이 천왕봉이오."

박두병이 팔을 뻗어 가리켰다. 손승호는 그 봉우리를 눈에 넣었다. 꽤 멀어 보였다.

"인제 운해요. 다 뒤로 돌아섭시다."

아침 햇살을 받고 새 기운이라도 돋았는지 선요원이 흥이 얹힌 소리를 길게 뽑았다.

몸을 돌린 손승호는 다시 감탄을 입에 물었다. 눈앞에 구름바다가 드넓게 펼쳐져 있었다. 새하얀 구름이 끝없는 바다를 이루었고, 구름바다 위로 산봉우리들이 붕긋붕긋 솟아 크고 작은 섬을 만들고 있었다. 운해는 바람결을 타고 구름 깃을 뭉클뭉클 피워 구름 파도를 일으켰다. 그 구름 파도는 바람결을 타고 쉼 없이 모양을 바꾸었다.

"구름만 봐서는 의미가 없으니까 두 동무한테 산들을 좀 설명하면 어떻소?"

박두병이 선요원에게 말했다.

"그러제라. 산 이름을 알고 보면 더 좋제라. 그럼 다시 뒤로 돌아서시요."

손승호와 연락병은 시키는 대로 했다.

"천왕봉은 아까 말했고, 거기서 왼쪽 옆으로 쪼깐 틀어서 산꼭대기가 서너 개 맞붙은 것처럼 된 것이 덕유산이요. 그라고 눈을 꽉 끌어당겨 코앞을 보면, 폴짝 뛰어 올라앉을 수 있을 것 같은 저것이 반야봉, 다시 뒤로 돌아서서, 저기 저 두루뭉수리로 생겼으면서 제일 높은 것이 광주 무등산이고, 거기서 쪼로록 왼짝으로 돌아서면, 뾰쭉허니 사납게 생긴 저 산이 광양 백운산이요."

선요원이 만족스럽게 웃고는 "두 동무는 참 복이 많으요. 남들은 한 번에 한 가지 보기도 어려운디, 한 번에 세 가지나 봤응게."라며 웃었다.

햇발이 강하게 퍼지면서 구름바다는 꼭 거짓말처럼 빠르게 얼크러지고 설크러지면서 어딘가로 사라지고 있었다.

"저 구름은 남해에서 일어나 여기로 몰려든 것이오."

박두병이 손승호에게 말했다.

"그렇군요. 구름이 움직이는 게 꼭 무슨 함성 같습니다."

손승호가 무심코 대답했다.

"함성! 아, 그말 참 좋소." 박두병이 반색하고는 "역시 손 동무는 남이 느끼지 못하는 걸 감지하는 능력이 있소. 바로 그런 관찰을 하길 바랐소. 손 동무가 지리산에 대해 글을 좀 써야겠소. 그동안 상황이 나빠 도당신문을 발간하지 못했지만, 이제 형편이 안정되고 여기 종이 공장에서 종이도 나오니까 신문을 만들어야겠소. 손 동무가 우리의 투쟁과 지리산에 대해 글을 좀 써야겠소." 하고 말했다.

손승호는 그때서야 이번에 자신이 해야 될 '관찰'이 무엇인지 알았다.

"여기 종이 공장이 있다고요?"

손승호는 자신의 임무보다 박두병의 말에 대한 놀라움을 먼저 나타냈다.

"뱀사골에 종이 공장이 있소. 수공업적이긴 해도 우리가 쓸 정도의 종이는 생산해 내고 있소."

박두병은 탄약창이 있다는 말은 하지 않았다. 탄약창은 일반 대원이나 평당원이 알 필요 없는 기밀 사항이었다.

구름이 걷히자 산들이 겹겹이 포개지면서 하늘 끝까지 펼쳐졌다. 지리산이 보듬은 크고 작은 봉우리에다 다른 산들까지 한눈에 들어왔다.

"자, 보기만 해서는 잘 모를 테니 내가 설명하겠소."

박두병이 손승호 옆으로 다가섰다.

"지리산은 워낙 커서 어느 지점에서도 한꺼번에 볼 수는 없소. 천왕봉에서 이 노고단까지만 해도 100리가 넘소. 그러니까 지리산은 부분적으로 볼 수밖에 없소. 자 그럼, 우리가 올라온 골짜기에서 왼쪽으로 돌아갑시다. 우리가 비트를 잡은 뱀사골은 저 반야봉에 가려 보이지 않소. 반야봉 바로 아래 골짜기가 뱀사골이오. 반야봉과 이 노고단 사이의 바로 눈앞에 보이는 계곡이 어제 우리가 타고 올라온 심원계곡이오. 흔히들 달궁골이라고 하는데, 골짜기가 길어서 여기서는 심원계곡만 보이고 그 아래로 이어진 달궁골은 안 보이오. 그리고 저기 잘생긴 봉우리가 만복대요. 만복대 아래로 쭉 뻗어 내린 산줄기가 지리산 서북 능선이고, 그 왼쪽으로 넓게 퍼진 골짜기가 삼성재골이오. 그 옆으로 좁장하게 뻗어 내린 것이 천은사골이오. 그리고 저기 산줄기가 억세 보이는 그 아래 계곡이 화엄사골이고, 저 앞에 바로 내려다보이는 게 문수리골이오. 그리고 저쪽으로 멀찍이 보이는 마지막 골짜기가 피아골이오. 피아골과 문수리골 사이로 뻗어 내린 산줄기가 지리산 서남 능선이오. 이렇게 되면 노고단에서 볼 수 있는 여섯 개의 골짜기를 다 설명한 셈이오. 어떻소. 내 설명이 틀린 데는 없소?"

박두병이 선요원을 보았다.

"와따, 쪼로록 꿰시는 것이 눈썰미가 좋구만이라. 여기서 투쟁허신 지 2년이 넘으셨을 것인디라."

선요원이 혀를 내둘러 보였다.

"지리산에는 저런 골짜기들이 몇 개나 됩니까?"

골짜기를 내려다보며 손승호가 박두병에게 물었다.

"큰 것으로만 20개 정도 될 거요."

"박 동지는 그 골짜기를 다 다녀 보셨습니까?"

"아이고, 어림없는 소리요. 난 주로 이쪽에서만 투쟁했는데 이쪽에서도 못 가 본 골짜기가 있소."

박두병이 손을 내저었다. 그리고 선요원을 가리키며 말했다.

"모르겠소, 저 동무는 다 다녀 봤는지."

"와따메, 택도 없소. 지리산에서 사오 년 살아 갖고 지리산 아흔아홉 골짜기를 무슨 수로 다 안당가요. 말이 스무 개지, 한 골짝에도 샛골짝이 쌔고 쌨고, 그 샛골짝이 또 새끼를 쳐서 수십 개가 되는디 누가 고것을 다 알 것이요. 세석평전에 약초 캐면서 평생을 지리산에서 사신 영감님이 계신디, 그 영감님 말이 자기도 골짝 골짝을 다 모른답디다."

그리도 길을 잘 찾아 노고단까지 왔던 선요원의 말이었다.

"이제 가 봅시다. 마침 노고단에서 볼 것을 거의 다 봤으니 반야봉엔 오르지 말고 뱀사골로 빠지는 게 좋겠소. 아침 겸 점심을 임걸령에서 해 먹고 말이오."

박두병이 선요원에게 말했다.

"그러제라. 임걸령까지 가자면 시장허실 것인디 싸게 뜨십시다."

선요원의 동작이 빨라졌다.

그들은 천왕봉 쪽으로 뻗은 주능선을 타기 시작했다. 길은 평지에 가깝도록 평탄했다. 그들에겐 그런 길이 오히려 걷기 거북했다. 비탈에 익숙해진 그들의 다리는 평탄한 길을 낯설어하며 더듬거렸다. 능선에는 큰 나무들이 별로 없었다. 산이 높아 바람을 많이 타는 큰 나무들은 능선에서 견디기 어려운 탓일 것이었다. 진달래와 철쭉나무들이 많았고, 다른 잡목들과 억새풀이 뒤섞여 있기도 했다. 그러나 능선길을 약간만 벗어나 비탈길로 접어들면 금방 숲에 파묻혔다.

돼지평전을 지나자 넓은 철쭉밭이 펼쳐졌다. 그 옆으로는 잔디밭이 널찍하게 자리 잡고 있었다. 그들은 잔디밭에서 걸음을 멈추었다.

"저기 내려다보이는 게 피아골이오. 그리고 저 산들 사이로 멀리 보이는 물줄기가 섬진강이고."

박두병이 손가락질하며 설명했다.

손승호는 산줄기가 굽이치는 먼 곳을 하염없이 바라보았다. 무등산과 백운산 사이에 있는 많은 산들 중에 조계산도 있을 테고, 그 산 너머 60리면 벌교였다. 늙은 어머니의 얼굴과 동생들의 얼굴이 빠르게 스쳐 갔다. 그러나 그는 완강하게 그 얼굴들을 의식 밖으로 몰아냈다. 부모와 형제가 아닌 자식들을 떼어 놓고 투쟁에 나선 사람도 많았다. 염상진이 그랬고, 바로 앞에 있는 박두병이 그랬다.

임걸령의 샘은 물길이 아주 가늘었다. 그러나 그 높은 능선에서 물이 나온다는 사실만으로도 놀랄 일이었다.

"그런데…… 앞으로는 지리산에서 투쟁하게 됩니까?"

손승호는 마음에 담아 왔던 말을 박두병에게 조심스럽게 꺼냈다.

"상황에 따라 달라지겠지만, 꼭 그렇지는 않을 거요. 지리산은 최악의 상황에서 선택하는 투쟁지일 뿐이오. 우리는 불리한 상황을 잠깐 피할 겸 휴식을 취하는 거라고 생각하는 게 좋을 것 같소."

박두병의 신중한 말이었다.

"바람이 후덥찌그리헌 것이 어째 요상스럽네?"

248

밥을 먹으려고 둘러앉으며 선요원이 하늘을 둘러보았다.

"날이 안 좋아질 것 같소."

손잡이가 짧은 몽당숟가락을 든 채 박두병도 하늘을 올려다보았다.

"안 좋아져 봤자 비 오는 것이제라. 시장허신디 싸게 드시써요."

선요원이 태평스럽게 냄비 뚜껑을 열었다.

날라리봉에 이르렀을 즈음, 그들은 완전히 비구름 속에 갇혔다. 지리산의 8월이 보여 주는 급격한 날씨 변화였다.

"날씨가 빨치산을 신선 맹글어 주네. 신선은 구름 속에 산당께로, 신선이 따로 있간디? 우리가 신선이제."

빗방울이 듣는데도 선요원은 느긋하기만 했다. 사실 지리산 같은 데서 서둘러 무슨 소용이 있겠는가. 오랜 산 생활에서 얻은 그 느긋함과 묵직함이 손승호는 믿음직스러웠다.

그들이 비로 목욕을 하며 뱀사골 비트에 도착했을 때는 저녁밥 때였다.

지리산은 산이 산을 품고, 산이 산을 업고, 산이 산을 거느리고 있는, 그 크기도 모양새도 쉽사리 알 수 없는 미궁의 산이었다. 이것은 손승호가 배낭을 벗으며 한 생각이었다.

손승호는 다음 날부터 두 달 가까이 지리산에 대한 글을 썼다. 시와 기행문은 신문에 실었고, 지리산의 구빨치 투쟁을 그린 희

곡으로는 연극을 하게 되었다. 그렇게 여러 가지 글을 써내고 있는 자신을 보며 손승호는 스스로 쑥스러워하는 게 아니라 오히려 빨치산으로 완성되어 가고 있다는 만족을 느끼고 있었다. 빨치산은 온갖 투쟁에서 불가능이 없는 존재여야 했다.

〈10권에 계속〉

주요 인물 소개
소설에 담긴 역사 용어 정리

김범우

지주이면서도 소작인들의 존경을 받는 김사용의 아들이자 독립운동을 위해 만주로 떠난 김범준의 동생. 공산주의자 염상진과 신분의 차이를 넘어 형 동생 사이로 지내기도 했으나, 이념보다는 민족을 중요시하며 좌익과 우익 어느 쪽도 선택하지 않고 교육을 통해 사회 변화를 이끌고 자 한다.

김범준

김사용의 큰아들이자 김범우의 형으로, 일제강점기에 독립운동을 하다 행방불명된 인물. 그 용맹한 행적을 기리고 흠모한 많은 사람들은 오랜 시간 그가 돌아오지 않자 만주에서 죽었을 것이라고 짐작한다. 하지만 전쟁이 일어난 후 그는 이전과는 전혀 다른 모습으로 나타난다.

정하섭

술도가 집 정 사장의 아들로 중학 시절부터 좌익 서클을 주도한 인물. 김범우와 염상진 모두와 인연이 있으나 결국 염상진의 이념을 따르게 되고, 그의 추천으로 공산당에 입당한다. 빨치산의 자금 조달 등의 임무를 맡고 있으며, 어린 시절 연모했으나 신분의 차이로 멀어질 수밖에 없었던 무당의 딸 소화와 은밀한 정을 나누게 된다.

하대치

동학 농민 운동에 가담했다가 화전민이 된 집안에서 태어난 소작인 출신 빨치산. 일제강점기에 일본인 지주를 상대로 소작 쟁의를 일으켰다가 징용에 끌려갔다 왔다. 소작회에서 만난 염상진의 사상과 됨됨이에 감화되어 빨치산이 되었다. 기민하고 용감하게 일을 처리하여 동료들의 신임을 받는다.

염상진

벌교, 보성 등지를 근거로 한 빨치산의 투쟁을 총괄하는 대장. 일제강점기에 사범학교를 졸업하고도 일제의 사상을 교육할 수 없다는 신념으로 농사를 지으며 독립운동과 적색 농민 운동을 주도했다. 해방 후 사회주의 운동에 매진하며 공산당원이 되고, 조직을 이끄는 통솔력뿐 아니라 인간적인 면모로 주변의 존경을 받는다.

염상구

염상진의 동생이지만, 형과는 정반대의 길을 걷는 인물. 첫째 아들을 중요하게 여긴 아버지의 의도적인 차별에 불만을 품고 비뚤어진 삶을 살아간다. 일본인 선원을 죽이고 도망쳤다가 해방 후 벌교로 돌아와서는 청년단장 감투를 쓰고 권력에 빌붙어 좌익 행위자 색출과 그 가족들 감시에 열을 올린다.

소화

무당 월녀의 딸로, 내림굿을 받아 무당이 된 비운의 여인. 어릴 적에
비파 두 알을 건네던 소년 정하섭에 대한 애틋한 그리움을 간직하고
살아간다. 빨치산의 신분으로 찾아온 정하섭을 도와주고, 그를 위해
헌신한다.

안창민

대지주의 손자로 염상진과는 사범 학교 선후배 사이. 학창 시절 사회주
의를 신봉했지만 졸업 후에는 국민학교 선생이 되어 염상진과는 다른
길을 간다. 하지만 실상은 읍내 지하 조직을 움직이는 보이지 않는 손이
었고, 결국에는 붉은 완장을 차고 염상진 무리에 합류한다.

이지숙

셋째 오빠를 통해 사회주의를 접하고 빨치산 세포로 활동하는 인물.
야학 선생으로 위장한 채 빨치산의 지령을 퍼뜨리고, 마을의 일을 은
근히 빨치산에게 전하는 일을 한다. 한편으로 안창민에 대한 사랑을
품고 있다.

전명환

벌교에 있는 유일한 병원의 원장. 좌·우익에 상관없이 신념에 따라 병자를 치료한다. 빨치산인 안창민을 치료해 줬다는 이유로 경찰에 붙들려가 고초를 겪기도 하고, 한국전쟁이 일어나서는 우익으로부터 공산주의자로 의심받기도 한다.

서민영

양반이면서 직접 농사를 지으며, 독립운동을 하다 고문을 받아 절름발이가 된 인물. 해방 후 야학을 운영하며 염상진, 안창민, 김범우, 손승호 등에게 사상적으로나 인간적으로 영향을 준다. 약자의 편에 서서 그들을 돕는 일이라면 자신에게 닥칠 고초도 마다하지 않아 읍민들에게 존경을 받는다.

손승호

좌익 활동에 몸담았다가 사상의 변화를 일으키고 전향한 인물. 사회주의를 버렸으나 그렇다고 다른 이념을 선택한 것은 아닌, 사상의 공백 상태에 있다. 보도연맹 가입을 피해 서울로 올라와 친일파 관련 서적을 출판했다가 남로당 프락치로 몰린 뒤로 이전과는 다른 변화를 보인다.

심재모

좌익 척결을 위해 벌교·보성지구 계엄사령관으로 파견된 인물. 학병 출신으로, 평소 지주 노릇이나 친일을 하다 해방 후 지배 계급으로 다시 군림하는 사람들을 경멸한다. 소작인과 지주 사이에서 균형 잡힌 판단을 내리려고 노력하며, 서민영·김범우 등과 우호적인 관계를 유지한다. 하지만 지주들의 이익을 대변하지 않음으로 인해 용공 행위자로 내몰린다.

이학송

신문사 정치부 기자로 김범우, 손승호 등과 교류하는 인물. 한때 사회주의 계열 단체인 문학가동맹에 가입했다는 이유로 빨갱이로 몰려 경찰에 잡혀가 고문을 당하고 강제로 전향서에 도장을 찍게 된다. 이후 공산당 기관지인 《해방일보》로 근무지를 옮긴다.

소설에 담긴 역사 용어 정리

빨치산

1945년 해방 이후부터 1955년까지 활동한 공산주의 비정규군을 일컫는 말이다. 원래 러시아어 파르티잔(partizan)이라는 말에서 유래했는데, 이는 노동자나 농민 들로 조직된 비정규군을 뜻하는 유격대와 가까운 의미이다. 하지만 이념 분쟁 과정을 통하여 좌익 계통을 통틀어 비하하고 적대감을 조성하는 용어로 변하였고, 그 결과 '빨갱이'로 바뀌었다. 흔히 조선 인민 유격대라고 부르며, 남부군이나 공비, 공산 게릴라라는 표현도 사용되었다.

신탁 통치

강대국이 독립할 능력이 없는 나라를 국제 연합(UN)의 감독하에 일정 기간 통치해 주는 특수 통치 제도이다. 1945년 12월 모스크바 3국 외상 회의에서 "한국은 정부 수립 능력이 없으므로 5년간 미·영·중·소 4개국이 신탁 통치한다."라는 내용을 결정하였다. 이로 인해 한반도에서는 신탁 통치 반대 운동이 치열하게 전개되었고, 북쪽에서는 처음에 신탁 통치를 반대하다가 나중에 신탁 통치를 찬성하였다.

서북청년단

1946년 11월 30일 설립한 우익 청년 운동 단체이다. 월남한 이북 각 도별 청년 단체인 대한혁신청년회, 북선(北鮮)청년회, 함북청년회, 황해회 청년부, 양호단, 평안청년회 등이 통합하여 대공 투쟁을 능률적으로 수행하고자 설립하였다. 남한에는 아무 연고도 없는 북쪽 청년들을 적극적으로 포섭해 합숙소에서 공동생활을 시키면서 공산주의에 대한 그들의 적대감을 활용해 좌익 공격에 앞장서게 했다.

제주 4·3 사건

1947년 3월 1일을 기점으로 하여 1948년 4월 3일에 발생한 소요 사태 및 1954년 9월 21일까지 제주도에서 발생한 무력 충돌과 진압 과정에서 주민들이 희생당한 사건이다. 국제 연합에서 남한 단독 선거 결정이 내려지자 남한에서는 단독 정부 수립 반대 운동이 전국적으로 벌어지면서 군경과의 유혈 충돌이 발생하였다. 이때 제주도에서 경찰의 발포가 이어졌고 이에 항의하여 주민들이 총파업을 전개하였다. 이후 미 군정청이 경찰과 우익 단체(서북청년회 등)를 동원하여 무력으로 탄압하였다. 이에 맞서 좌익 세력이 무장 봉기를 일으켰고, 일부 지역에서 5·10 총선거를 무산시켰으며 좌익 세력의 유격전이 전개되었다. 그 결과 군경의 초토화 작전으로 많은 수의 무고한 주민이 희생당하였다.

대동청년단

1947년 9월 21일에 결성된 한국의 청년 운동 단체이다. 상해 임시 정부의 광복군 총사령관을 지낸 지청천(池靑天)이 당시 32개의 청년 단체들을 통합하여 결성한 청년 단체로, 8·15 광복 뒤의 혼란한 시기에 많은 활약을 하였다. 이들은 막강한 조직을 갖추고 반공 및 단독 정부 수립을 주장한 이승만 노선에 협조하였다. 1948년 대한민국 정부 수립 후 이승만의 명령으로 해산하여 대한청년단에 통합되었다.

남한 단독 정부 수립

국제연합 결의에 따라 1948년 5월 10일, 남한만의 단독 총선거가 치러져, 국회의원이 선출되었다. 이들에 의해 헌법이 제정되고(1948년 7월 17일), 간접 선거를 통해 이승만이 대통령으로 선출되었다. 1948년 8월 15일, 이승만이 건국을 공포함으로써 대한민국이 수립되었다. 남한에서 대한민국이 수립되자 북한에서도 최고 인민 회의 대의원을 선출하고(1948년 8월 25일), 이어 북한 헌법을 채택하였다. 1948년 9월 9일, 북한은 헌법에 정한 대로 김일성을 수상으로 하는 조선 민주주의 인민 공화국 수립을 선포하였다.

반민족행위특별조사위원회

1948년 9월 22일, 대한민국 제헌 국회가 친일파를 처벌할 목적으로 특별법인 반민족행위 처벌법을 제정하고, 그해 10월 22일에 반민족행위특별조사위원회(약칭 '반민특위')를 설치하였다. 반민 특위는 친일파 선정을 위한 예비 조사 후 7천여 명의 친일파 일람표를 작성하고, 그중 전국적으로 알려진 친일파 중 도피를 꾀하는 자 체포를 우선시하였다. 그러나 친일 세력과 이승만 대통령의 비협조와 방해로 반민특위의 활동은 성과를 거두지 못하였다. 오히려 친일 세력에게 면죄부를 부여하는 결과를 초래하였고, 나아가 이들이 한국의 지배 세력으로 군림하였다.

여수·순천 사건

1948년 10월 19일 전라남도 여수·순천 지역에서 일어난 국방경비대 제14연대 소속 군인들의 반란과 여기에 호응한 좌익 계열 시민들의 봉기가 유혈 진압된 사건이다(약칭 '여순사건'). 당시 여수에 주둔하고 있던 국방경비대 제14연대 소속 군인들이 반란을 일으키며 전라남도 동부 6개 군을 점거하였다. 이에 위기감을 느낀 정부는 대규모 진압군을 파견하여 일주일여 만에 전 지역을 수복하였으나, 그 과정에서 상당한 인명·재산 피해가 발생하였다. 그리고 이 사건을 계기로 정부에서는 '국가보안법' 제정과 강력한 숙군 조치를 단행하게 되었고, 결과적으로 이승만 대통령의 철권통치를 강화하는 계기가 되었다.

농지개혁법

1949년 6월 21일, 북한에서 농지를 무상 몰수하여 농민에게 무상 분배한 농지개혁이 실시됨에 대응하여, 대한민국에서도 농지개혁을 실시하기 위하여 제정된 법률이다. 대한민국은 북한과 같이 무상 몰수와 무상 분배는 허용되지 않아 소유자가 직접 경작하지 않는 농토(소작인이 경작하는 농토)에 한하여 정부가 5년 연부보상(年賦補償)을 조건으로 소유자로부터 유상 취득하여 농민에게 분배해 주고, 농민으로부터 5년 동안에 농산물로써 정부에 연부로 상환하게 하는 이른바 유상 몰수·유상 분배의 농지개혁법을 실시하였다.

국민보도연맹 사건

국민보도연맹(약칭 '보도연맹')은 1949년 4월 좌익 전향자를 계몽·지도하기 위해 조직된 관변단체이다. 하지만 한국전쟁 발발 후 1950년 6월 말부터 9월경까지 수만 명 이상의 국민보도연맹원이 군과 경찰에 의해 살해되었다.

김구 피살

민족의 지도자였던 백범 김구 선생이 1949년 6월 26일 서울 서대문 근처 거처인 경교장에서 육군 소위 안두희가 쏜 총에 피살되었다. 조국 광복을 위해 평생을 바친 73세 노 혁명가는 남한만의 단독 정부 수립에 반대하였으며 한반도 통일 정부 수립을 위해 노력하였다. 장례식은 국민장으로 거행됐으며, 유해는 효창 공원에 안장됐다. 암살자 안두희는 무기 징역을 언도받았으나, 한국전쟁 발발과 함께 특사 조치로 석방돼 육군 중령으로 복귀하는 등 배후에 대한 의문은 풀리지 않았다.

한국전쟁

1950년 6월 25일 새벽에 북한 공산군이 남북 군사 분계선이던 38선 전역에 걸쳐 불법 남침함으로써 일어난 전쟁이다. 전쟁 초기 남한이 불리했으나 국제 연합군의 참전으로 10월 말경에는 압록강 지역까지 국토를 회복했다. 그러나 중공군의 개입으로 전쟁은 3년 1개월간 끌었으며, 1953년 지금의 휴전선을 경계로 휴전이 성립되었다.

조정래 대하소설
태백산맥 청소년판 9

초판 1쇄 2016년 11월 8일
초판 3쇄 2020년 12월 30일

원작 | 조정래
엮음 | 조호상
그림 | 김재홍
발행인 | 송영석

발행처 | (株)해냄출판사
등록번호 | 제10-229호
등록일자 | 1988년 5월 11일(설립일자 | 1983년 6월 24일)

04042 서울시 마포구 잔다리로 30 해냄빌딩 5·6층
대표전화 | 326-1600 **팩스** | 326-1624
홈페이지 | www.hainaim.com

ISBN 978-89-6574-609-6
ISBN 978-89-6574-611-9(세트)

이 도서의 국립중앙도서관 출판예정도서목록(CIP)은 서지정보유통지원시스템 홈페이지(http://seoji.nl.go.kr)와
국가자료공동목록시스템(http://www.nl.go.kr/kolisnet)에서 이용하실 수 있습니다.(CIP제어번호: CIP2016025427)